U0917682

BU WANMEI JISHI RENSHENG

不完美即是人生

魏棻卿　WEI FEN QING

著

图书在版编目（CIP）数据

不完美即是人生 / 魏棻卿著. -- 青岛 : 青岛出版社, 2018.10

ISBN 978-7-5552-7568-8

Ⅰ. ①不… Ⅱ. ①魏… Ⅲ. ①散文集－中国－当代 Ⅳ. ①I267

中国版本图书馆CIP数据核字(2018)第188398号

书　　名　不完美即是人生
著　　者　魏棻卿
出版发行　青岛出版社
社　　址　青岛市海尔路182号（266061）
本社网址　http://www.qdpub.com
邮购电话　010-85787680-8015　13335059110
　　　　　0532-85814750（传真）　0532-68068026
责任编辑　郭林祥
责任校对　耿道川
特约编辑　李文峰　郑丽丽
装帧设计　Recns
照　　排　千　千
印　　刷　三河市鹏远艺兴印务有限公司
出版日期　2018年10月第1版　2018年10月第1次印刷
开　　本　16开（700mm×980mm）
字　　数　150千字
印　　张　16.5
标准书号　ISBN 978-7-5552-7568-8
定　　价　45.00元

编校印装质量、盗版监督服务电话　4006532017　0532-68068638

被遗忘的时光

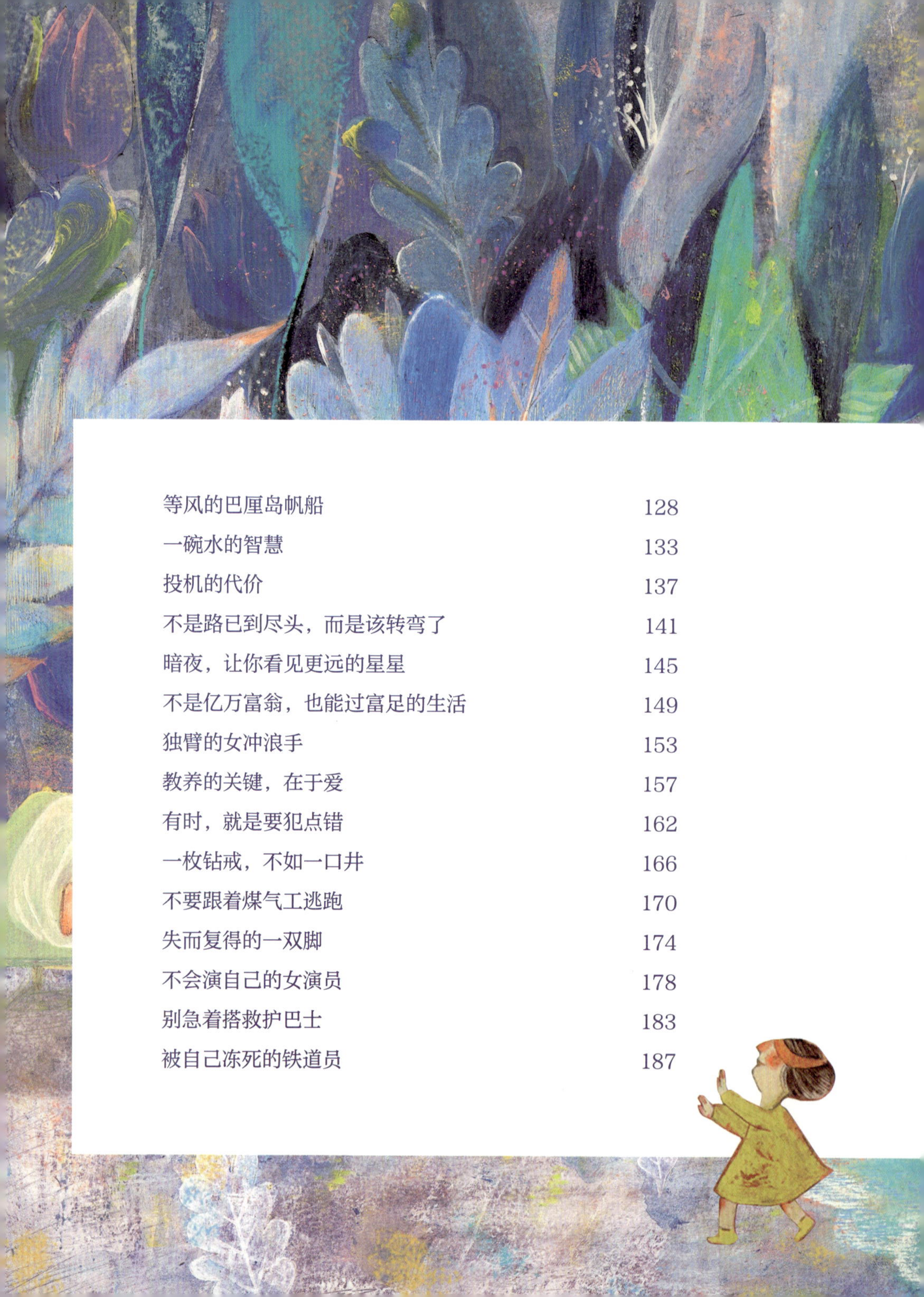

【作者-再版序】
转化生命中的不完美

相信很多人都有这样的疑问：处在相同困难当中的两个人，何以一个能在历经困难淬炼后更加茁壮，另一个却就此跌落万丈深渊，生命从此一蹶不振？

进入社会的头十年，我的工作是一名新闻记者。每天接触社会各个阶层以及不同行业的受访者，我也经常会有类似的疑问，更尝试不断通过采访的方式，想从受访者身上找答案，但得到的回答经常流于表面。

直到多年前，通过读研和官方资格考试合格的途径，正式取得心理咨询师（台湾名称为“咨商心理师”）执照。我从事心理助人工作越久，就越发深刻感受到，原来真正能够让一个人“化悲愤为力量”的关键在于转化力。

而回顾我生命中第一个最重大的转化困境经验，大概就是爷爷的过世。当时的我因此离开新闻圈，踏上自我追寻的道路，并通过坚持和努力，多年后成功转化那次生命低潮，创造出第二生涯高峰——现在的我，不仅是一名专业的心理助人工作者，亦是一个心灵励志作家和出版社发行人。

至于那是一段什么样的生命转化起源，且听我话说从头。

一切，源起于死亡。

2010年9月12日，爷爷咽下最后一口气，结束了他在世上九十三年七个月又十六天的日子。他如何看待自己漫长却又短暂的一生，我不知道，我只知道，从阿公辞世那一刻起，部分的我仿佛也跟着一块死去，但是在那三个月后，我才发现这件事情。

当时，新闻工作忙碌，加上刚承接一个新的主管职位，我根本无暇放任自己的忧伤，直到内心的小孩蜷缩在墙角哭泣的画面越来越常出现，我才不得不暂时放下手边的工作，问：“你到底怎么了？”

“我要找爷爷……”语毕，她哭得更大声了。

自此，我便知道事情没那么简单。通过一次次的对话，我才终于了解，内心的小孩会哭泣，不只是因为单纯的思念，还有一股无以名状的存在焦虑。

我为什么来到这个世界上？离开时，又希望留下些什么？

爷爷的过世，重重敲响我的生命警钟，时间，真的不多了。离开待了近十年的新闻圈，我独自踏上一段深刻的内在旅程，目的地是台湾的一个小离岛：兰屿。借由在当地避静一个月，我得到前所未有的更新和调整，也找到关于生存的答案。

死亡，也让人清楚体会到生命的有限。因此，与其浪费时间怨天尤人，以及心心念念祈求一段关系、一个事件或消逝的人生可以重来一遍，不如从转化的角度去思考我们可以在目前的基础上积极建造一些什么，以便在未来的日子里得到令人满意的结果。

法国作家罗曼·罗兰曾说：“人生不出售来回票，一旦动身，绝不能复返。”但人生的旅途上，我们却花费太多时间去假设一些不可能发生的事情，像是“如果让我重新选择一次……”“如果时光可以倒流……”类似的“如果”造句，或许能暂时纾解我们对眼前人生的不满，但那终究只是用来麻醉自己的思想鸦片，愉悦的感觉消退后，随之而来的是更深沉的失落和怨怼，让人变得愤世嫉俗。

关于生命的实情，坏消息是，任何有违现实的“如果”都不会发生，真正能掌握的只有当下；好消息是，只要愿意扛起生命的责任，将花在抱怨上的能量集结成“转化的能力”，未来依旧充满无限的可能性。

原先你所以为的不完美，也可能反为你带来命定中的完美结局，或让你开始懂得用欣赏的眼光，顺其自然地去看待那些生命中既存的不完美。

只是想听听你的声音

世上唯一害怕一件事情，那就是我怕我不值得自己所受的苦。

男子的母亲过世了，留下他照顾失智的父亲。一天，他推着坐轮椅的父亲到公园透气。坐在长椅上，他专心地看着手上的报纸，突然，父亲开口问："那……那是什么？"

顺着父亲手指的方向看去，男子回答："喔！那是鸽子啦！公园里常常会有鸽子飞来吃东西……"

没过多久，又有一只鸽子飞过来，父亲又问："那是什么？"

"不是才跟你说过吗，那是鸽子。"男子已经略显不耐。

隔了几分钟，父亲又指着鸽子，问："那是什么？"

这时，男子再也受不了了，站起来对父亲咆哮："到底要讲几次你才会记得呀？已经跟你说过那是鸽子，这种连三岁小朋友都懂的事情，还一直问我。"

父亲难过地低下了头。回到家，男子相当自责，晚上替父亲整理房间时，发现抽屉里有一个笔记本，随手翻到其中一页，恰好看到早年的父亲写道："今天带儿子去公园里玩，他第一次看到蝴蝶，既好奇又兴奋，一直问我那是什么，一整个下午，问了超过十次，我不厌其烦地回答，因为他是我最宝贝的孩子……"

看到这段话，男子愧疚地走到父亲面前，说："爸，对不起！"

虽然在家人面前可以表现出最真实的自己和情绪，但也因为如此，有时反而会伤害最爱我们的家人。

我离家到城市定居这十多年来，和家乡父母相处的时间非常有限，大多是靠着长途电话联系。一天傍晚，电话响了，是父亲打来的。

“你在做什么呀？”

“写稿哇！”

“有没有吃晚餐？”

“吃过了。”

我的回答很简短，一副不想多聊的样子，因为当时我正在写稿，不希望被打扰，加上前一天才从南部老家回台北，已经陪伴家人好几天，此刻接到父亲的电话，只想敷衍一下，然后挂上电话，继续赶稿。

听出我的不耐，父亲尴尬地笑了笑，说：“其实也没什么事啦，只是想听听你的声音……”

父亲的这句话，像是当头棒喝，敲醒了满脑子只有工作的我，也让我对于自己先前的态度感到很愧疚。放下手边的工作，我开始找话题陪父亲聊天，十分钟之后才互道晚安，结束通话。

常听人说，当了父母，才会知道父母的辛苦。自从小侄子出生，哥哥升格当了父亲，整个人的改变非常大，从一个连碗筷都不会帮忙收的男人，开始挽起袖子，给孩子洗澡、包尿布，有时太累，还会哄孩子哄到自己也睡着。原本在竹科工作的嫂嫂，虽然很受主管器重，但还是选择全心照顾孩子，常常为了把孩子喂饱，自己连一碗白饭配肉松也没办法好好吃完……

看到他们对孩子的照料和付出，我总会联想到小时候父母辛苦照顾我的情景，每每想到这一点，内心就会涌起对父母亲的感激之情。

现在，无论多忙，接到父亲的电话，我都会提醒自己耐着性子，因为我永远忘不了他曾讲过的那句话：只是想听听你的声音。

父亲开的感恩账户

人生中的每一个伤痛，都是对自己的一次重大突破。

从小，她就是个体弱多病的孩子，三天两头进医院，九岁时的一场大病，还差点夺走她的性命。

十五岁那年，父亲为她开了一个账户，取名“感恩账户”。

“这是为了感谢你能够平安长大所开的感恩账户，以后只要生活中有值得感恩的事，都可以存钱进去喔！”父亲说。

“可是我还没赚钱，怎么存啊？”女孩问。

“放心，从现在开始，爸爸每周都会给你零用钱，另外你还有压岁钱，也可以拿来存啊！”

但正上初中的女孩，零用钱拿来花都不够，所以她几乎不曾自己存钱。反倒是父亲，每当看到女孩考试成绩进入前三名，或是大病初愈，都会主动为她存进一笔钱。

发现存折上的数字不断增加，女孩问父亲：“爸，真的有那么多事值得感谢吗？”

父亲慈祥地回答：“是呀！其实每天可以感谢的事情很多，只是我们常常忽略了。爸爸当初为你开这个账户，就是希望你学着用一颗感恩的心，来看待自己的生活。”

被父亲的话打动，女孩开始试着自己存钱，长期下来，少说也有几万块了。结婚之后，有一天，女孩的丈夫发生意外，急需一笔医药费，她东拼西凑，但是还差几万块，突然，她想起了自己还有一个感恩账户。

当女孩把那笔钱取出来，将一沓厚厚的钞票握在手心时，不知不觉中，脸上的泪滑落下来。她怎么也想不到，最后一刻，竟然是感恩账户救了自己的丈夫。

不知道你有没有每年写一封信给自己的习惯。

在我所属的教会里，每到12月的最后一天，有些人会聚在一起跨年倒数，同时观赏近在咫尺的“台北101”烟火。

在那之后，每个人会拿出纸笔，花一点时间写下自己对新年度的期许，写完，统一交给教会保存，直到新年度的12月31日那天到来，才再发还给每一个人。这么做，是要帮助大家确认，过去这一年是不是都照着当初所许的愿望去努力，最后的成果又如何。

以往，我和绝大多数人一样，总是拼命想破头，巴不得写下所有大大小小的愿望，像是家人平安健康、论文顺利完成、日子过得越来越开心之类。但不知道为什么，某一年的12月31日，当我再次拿到一张空白信纸时，内心想写下的，已经不再是一个又一个的愿望，而是一项又一项的感谢。

感谢！让我有这么棒的家人。

感谢！让我多了宝贝侄子。

感谢！让我从研究所顺利毕业。

感谢！让我来得及陪伴最爱的阿公最后一程。

感谢！让我可以到兰屿流浪，当广播义工。

感谢！让我可以勇敢做自己。

……

当我开始试着像故事中的父亲一样，细细数算生命中的恩典时，才发现，值得感谢的事情真的多到写不完，而那张空白信纸，就是我的感谢存折。

如同将钱存进感恩账户的效果一样，当我将感谢化为文字，写满整张信纸的时候，内心逐渐积累的一股正面能量，也成为日后我的心灵支柱。

所以，试试看，也为自己打造一本感恩存折吧！

改变，永远不嫌晚。无论你是几岁，也无论你目前所处的景况有多糟，只要立定目标，一步一步往前走，人生随时都有翻盘的可能。

不完美即是人生

翻盘吧，人生！

生命最有趣的地方就在于，每天都是另一个机会的开始。

这是发生在一个美国女孩身上的真实故事。

在一般三岁女孩还在玩耍的年纪，她已经开始过着父母亲吸毒嗑药，她要在他们恍惚失神后彻夜在旁照顾的日子。

有一年生日，奶奶特地寄了一张贺卡给她，里头还附上五美元，这让她开心极了，打算拿去买糖吃。没想到，正愁没钱买毒品的母亲竟然把钱偷走，她几乎气炸。

“妈！”她使出浑身力气，对着母亲嘶吼，“我的五美元呢？你怎么可以偷我的钱去买毒品，那是奶奶给我的生日礼物，那是我的……”

她可以接受父母亲为了吸毒，让她们姐妹俩过着有一餐没一餐的日子，甚至天气变冷的时候没有外套穿……但母亲这次的行为，真的让她痛心到了极点。

八岁那年，她开始出门乞讨。十五岁时，母亲罹患艾滋病死亡，父亲被关进了收容所，无家可归的她，成了街头游民。饿了，她就翻垃圾桶里的东西吃；累了，她就睡在地铁站的地板上。就这样过了好几年。

幸好她没有忘记要念书，十七岁那年，她不仅顺利进入高中就读，后来还以优异的成绩毕业，并如愿申请到了大学名校。

如今，她不仅通过出书和演讲的方式，用自己的故事激励他人，还时常接受媒体的采访。

“生命最有趣的地方就在于，每天都是另一个机会的开始。”镜头前，她总是这么鼓励大家。

想不到吧？出身赤贫、父母亲双双吸毒的美国女孩，竟然可以靠着乞讨、在街头流浪，一路读到顶尖的大学名校。正因为听来不可思议，后来她的故事被出版社集结成了一本书。

她的故事再度证明了“命运操之在己”的道理。

从事记者工作的第一年，我曾和新闻前辈去采访时任“中研院”院长的李远哲。长达一个多小时的访谈，让我印象最深刻的，不是他对于“中研院”的愿景，也不是他对“教改”的想法，而是他的成长故事。

出生在二战末期，李远哲从小就常常跟着父母到山洞躲警报。战乱年代的颠沛流离，让他小小年纪就体验到人生的无常。高中时，生了一场大病，他休学在家一个月，更是让他领悟到要好好把握人生。

有一天，当他环顾周遭一切，包括自己的家人时，内心深处突然响起一个声音："李远哲，你也要这样子过一辈子吗？"

讲到这里，李远哲停顿了一下，而后认真地看着我们说："我的答案是，不要！"从那一刻起，他就知道，要想突破原生家庭既定的生命格局，唯一的办法就是靠自己的努力。

他的这一番话，深深震撼了当时的我——一个从南部乡下到台北念书、工作，一心想打破原生家庭宿命的女孩。比起周遭同年龄的人，我变得更勇于为自己做选择，并且付诸行动。

改变，永远不嫌晚。无论你是几岁，也无论你目前所处的景况有多糟，只要立定目标，一步一步往前走，人生随时都有翻盘的可能。

被遗忘的时光

阿尔茨海默症真正令人害怕的不是遗忘，而是把人困在某一段的生命回忆里。

淑洁的母亲八十多岁，自从罹患了阿尔茨海默症，记忆就开始严重退化，连丈夫早已在十多年前过世也忘得一干二净。每回，淑洁只要带她来到坟前，类似的对话就会重复上演。

“这是谁呀？”老母亲问。

“张国栋。”淑洁回答。

“张国栋又是谁呀？”

“张国栋是你的先生。”

“啊，我先生死了？我怎么不知道呢？”越说越激动，老母亲禁不住哀恸，竟然像个孩子般，坐在地上号啕大哭。

其实不只淑洁的母亲，在杨力州执导的纪录片《被遗忘的时光》中，其他五个失智老人的故事，同样令人鼻酸。

“这个人是谁呀？是我吗？”九十多岁高龄的王老师，罹患阿尔茨海默症之后，就活在二十五岁的幻想里，只要一照镜子就会愣住，因为她不认得镜中那个满脸皱纹的人。

老实说，当我从架上把这部纪录片租回家时，并没有抱太大的期待。我心想，所谓的失智老人，应该只是忘了过去，或者，记不得最近发生的事情，但看完片子才发现，原来阿尔茨海默症真正令人害怕的不是遗忘，而是把人困在某一段的生命回忆里。

其实，有些人即便没有罹患阿尔茨海默症，也会用回忆把自己困住。

朋友家里的老奶奶，今年九十多岁，除了因为膝盖开过刀，走起路来需要依赖拐杖，平时几乎没生过什么大病。

看到老奶奶身子这么硬朗，晚辈当然都很开心，唯独有一点让他们很受不了，那就是老奶奶只要一开口，就尽说些数落人的话，比如丈夫年轻时有多风流、不顾家，让她一个人又要赚钱又要照顾小孩……最后的结论都一样：“早知道这样，年轻的时候就不要嫁给他。”

“阿嬷，不要再去想了，现在讲那些有什么用？阿公都已经过世了，你也都九十多岁了，一切不可能再重来呀！”朋友常常这样劝老奶奶。

好不容易结束了这个话题，老奶奶又转而抱怨自己有多可怜，说别的老人家生活起居都有别人照顾，她却没有。

“阿嬷，你应该觉得很幸福才对呀！九十多岁还可以活动自如，不用坐轮椅，也不用别人照顾，子女也跟你住在一起，照顾你、陪伴你……”

“唉，这么说也没错啦！”

然而时隔一天，老奶奶又会重复相同的话题和论点，家人为了避免情绪受影响，索性就减少和她讲话的次数，任由老奶奶活在回忆的时空里。

在心理学上，有所谓的“自动化思考”理论，意思是，当一个人负面思考惯了，日后不管遇到什么事，很容易就会自动导向负面思维。

想跳脱这样的宿命，第一步就是要停止再用负面回忆来自我洗脑，并且学习将注意力拉回到当下，让美好的事物占据你的存储器，不愉快的回忆自然就会慢慢被取代啰。

不要在沙子里找答案

人生若不是现在，那是何时？

走私最容易发生的地方，就是国与国的边界，瑞士和奥地利也不例外。

有一天，一个站岗的瑞士老守卫看到奥地利人骑着自行车正要通过，篮子里还装了满满的沙子，他觉得可疑，就将他拦了下来。

“等等，你的篮子里为什么有一堆沙呢？肯定有问题。”拿出耙子，老守卫开始在沙子中耙呀耙，翻了老半天，什么也没找到，只好挥挥手让对方通过。

第二天，那个奥地利人又骑着自行车来了，篮子里还是满满的沙。老守卫不死心，照样在沙子里翻找，最后还是什么也没找到。

日复一日，老守卫都不曾在那篮沙子里找到什么。直到第三年，老守卫准备退休的那天，又遇到了那个骑自行车的奥地利人，他决定直接开口问："这样吧，我今天就要退休了，有件事能不能请你诚实地回答我，就是你到底有没有走私。"

奥地利人心想，反正老守卫都要退休了，说实话也无妨，就点点头回答说："有。"

"那你是走私什么东西呢？为什么我翻了三年的沙子都找不到？"

"因为……"迟疑了一下，奥地利人接着说，"我走私的是自行车。"

很多事情如果努力的方向错了，到头来不仅落得一场空，还会让人因为注意力被分散，错过了最重要的线索。

有个朋友进入社会工作至今，已经换了十几份工作，每次都是在不同的领域打滚，加上做的又大多是业务工作，业务工作都是底薪制，即使年龄已经四十好几了，薪资水平还是跟新人差不多。

“前一份工作不是做得还蛮开心的吗，为什么又想要换工作呢？”有次，我试着语气委婉地问他。

“对呀！本来是做得蛮开心的，后来公司内部发生了一些事情，制度也变得越来越不合理……”他简单解释了一下自己为何又要换工作。

“这样啊！那你现在这份工作还好吗？”我接着问。

“还不错，虽然一样得经常出差，但我觉得蛮有发展前景的……”

只是，那天的对话言犹在耳，几个月后，我又听到了他换工作的消息。

看到这样的例子，你觉得真正的问题出在哪里呢？

如果是在进入社会的前几年常换工作，还可以理解，因为二十多岁的年纪，很多人都还在摸索自己对什么工作比较有兴趣。但如果到了三四十岁还不知道自己喜欢或擅长什么，每隔几个月就在不同领域换来换去，那就得好好思索，自己是不是努力错了方向。

若你也碰到类似的困难，不妨在公司或相关领域中，找一个值得学习的对象，直接去向对方请教，问问对方如何发现自己的兴趣、如何积累专业知识、如何开发客户，以及遇到瓶颈时又是如何突破的。

当你开始将注意力从那一篮沙子上移开，也就是不再将所有问题都归咎到公司、主管或同事身上，或许就会发现，促使你成长的契机，其实就在眼前。

有句话说，“生命若不是现在，那是何时。”一旦懂得体会当下的幸福，内心的喜乐能量自然源源不断。

世上最美味的葡萄干

当一个人成天不是在缅怀过去就是在担忧未来时，如何真正活在当下？

一位作家受邀到日本参加豪门宴，席间，豪门主人向在场的所有宾客宣布，厨师即将端出一道非常珍贵的餐点，请大家屏息以待。豪门主人没直接说出是什么东西，但宾客早早就从当天菜单上看到河豚这道菜，一想到有机会可以品尝日本的极品珍馐，大家都非常兴奋和期待。

“您好！为您送上餐点，请慢用。”厨师毕恭毕敬地说。

“谢谢！”作家迫不及待，一口一口地品尝起眼前的佳肴，时不时还会闭上眼睛感受那入口即化的细嫩肉质，忍不住在心里赞叹，“哇！河豚肉果然名不虚传，真是太好吃了！”

随后，豪门主人问在座宾客餐点的味道如何，每个人都频频点头，赞誉有加。没想到这时，豪门主人却说：“其实，刚刚给大家吃的只是一条普通的鱼。”

鱼肉变好吃的秘诀在哪儿？其实就是全神贯注地品尝，也就是“觉察”到自己正在吃东西这件事，而让大家误以为自己吃的是珍贵河豚，这其实是豪门主人试图将大家导向专注的善意谎言。

很多练习觉察的课程，会拿葡萄干来做类似的实验。有一次，我报名参加一堂为期两天的完形治疗体验工作坊。第二天，老师带了两包葡萄干来，请每个人轮流在手上倒两颗。

“好，一开始先仔细观察葡萄干的样子，专注于视觉上，当你有想吃的感觉时，观察一下唾液的分泌情况是怎么样的。”约莫一分钟后，老师继续指导学员，“接下来，请大家闭上眼睛，用手指触摸葡萄干，专注于触觉上……”

我们跟着老师的指令一步一步地做。葡萄干从小吃到大，这是我第一次这么仔细触摸一颗葡萄干，当指尖碰触到葡萄干时，我感觉到其弹性，宛如一个灌了七分满的水球，而其表面的凹凸又像是被冲刷过的岩石一般。

“好，现在可以慢慢把葡萄干放进嘴里，但不要急着咬，先用舌尖去感觉，让葡萄干在口腔里滚动，品尝一下它释放出来的味道……”老师说。

依着视觉、触觉、嗅觉和味觉等几道觉察的程序，当我把手上的葡萄干送进胃里，已经是五分钟后的事了。说也奇妙，当我放慢进食速度，一颗小小的葡萄干突然变得空前真实。而且，当我仔细去感受咀嚼葡萄干的过程时，才发现，哇，人体真的是一个完美的构造，光是“咀嚼”这个看似平常的小动作，就有很大的学问。举例来说，分别用臼齿和门齿来咀嚼食物，舌头的翻动方式和吞咽的流畅度截然不同。

突然间，我的内心涌起一股幸福感，借由细细地观察身体运作，我开始为自己能够健康地活着，感到开心不已。

现代人为什么不快乐？部分原因正在于无法体会当下的幸福。当一个人成天不是在缅怀过去就是在担忧未来时，如何真正活在当下？有句话说，“生命若不是现在，那是何时。”一旦懂得体会当下的幸福，内心的喜乐能量自然源源不断。

花瓶的裂痕

若不是过往那一道道伤痛裂痕造成纪宝如的生命破碎，光，如何照进内心的黑暗角落，让她变成一个超级发光体呢？

一个获奖无数的年轻运动员，某天夜里，右小腿突然出现了莫名的肿胀和疼痛，隔天到医院检查才发现，自己罹患了骨肉瘤。

以当时的医疗技术来说，罹患这类恶性肿瘤，想保命，只有截肢一途。年轻运动员在毫无选择的情况下，被迫接受了右小腿截肢的命运，他的运动员生涯也自此画上句号。

截肢之后，年轻运动员变得非常暴躁，动不动就生气、挑家人的毛病，让身旁的人都不太敢靠近。有一天，心理师来到他的病房，将一盒彩色笔和一张图画纸递给他：“拿去吧，用这些彩色笔画一张图，题目是‘我的身体’。”

虽然心里极不情愿，运动员还是随意在纸上画了一个造型粗糙的花瓶，瓶身上还有一道裂痕，似乎想以一个无法装水的破花瓶，来比喻自己残缺的肢体。

看出了运动员内心的伤痛，心理师对他展开长达两年的心理治疗。渐渐地，运动员的态度出现了转变，不仅不再暴怒和埋怨，还开始鼓励有类似遭遇的人。最后一次进行心理治疗时，心理师拿出了当年的那张画，问他是否还记得。

“当然记得，但其实我还没有画完呢！”挑了一支黄色的画笔，运动员在花瓶的裂痕处补上一条一条放射线，越画，他就越开心，完成之后，他转身对一旁的心理师说，“其实我要感谢这道裂痕，因为有了它，

‘光’才有办法照进花瓶里……”

几年前，我采访台湾知名艺人纪宝如，她的生命转折令我印象非常深刻。

被称为天才童星的纪宝如，五岁半就出道，甜美的外形加上自然的演技，让她很快就在演艺圈蹿红。十八岁那年她闪电结婚，嫁给艺人余天的弟弟余龙，退出演艺圈。

1992年，余龙在一场KTV大火中丧生，她为了抚养三个孩子，跑到酒店去上班，每天喝得醉醺醺，回到家就开始打小孩出气，因为她认为自己会沦落到酒店上班，都是小孩子害的。

当时的她还动不动就闹自杀，生命如同故事中的破花瓶，布满了裂痕……穷途末路之际，终于，人生出现了转机，通过友人的帮助和信仰支持，她开始蜕变重生，当“光”照进了原本灰暗的生命，她宛如变了一个人似的，让家人简直不敢置信。

之后的她，还成立了台湾优质生命协会，定期带资深艺人和义工去探访弱势族群，用行动把爱传出去。每当她像个小女孩般逗老人家开心，或是和小朋友一起扮鬼脸，那种她和他们一起哭一起笑的画面，都让我感动不已。

如今看来，**若不是过往那一道道伤痛裂痕造成纪宝如的生命破碎，光，如何照进内心的黑暗角落，让她变成一个超级发光体呢？**所以，不要害怕面对生命中的破碎，关键是，你如何为它补光。

早起半小时的蝴蝶效应

一个人做事的格局，决定了人生的结局。

毕业后就顺利找到了第一份工作，年轻男子开心极了，但巨大的工作量压得他喘不过气来。

这一天，他又忙到晚上十点才回家，在客厅等他的父亲，看到他就问："儿子呀，明天可不可以早半个小时起床，陪我去买早餐？"

隔天，年轻男子果真比以往早半个小时起床，陪父亲到巷子口买早餐，之后，便像往常一样，搭公交车到公司。

让他意想不到的是，不过早了半个小时，公交车上的乘客就比高峰时间少了一大半，让他可以找位子坐下来，一边吃早餐，一边规划今天的工作重点。沿途的交通状况也顺畅许多，当他完成了手边第一项工作，其他同事才匆忙抵达。

中午时间，同事还在忙着做收尾工作，他已经悠闲地吃着午餐。下午，也因为预定的工作提早完成，他有时间可以回顾一下有没有什么疏漏，同时规划明天的工作内容。到了傍晚六点下班时间，当同事还埋首在一堆文件中，埋怨可能要加班时，他早已将办公桌收拾干净，准备回家和家人共进晚餐。

回家的路上，他不断想，奇怪了，今天的工作量也没比平常少啊，为什么工作起来特别顺？“啊！我懂了！原来这就是父亲要我提早半个小时起床，陪他去买早餐的真正用意……”

曾听一个企业家讲过，要“先做对的事情，才能把事情做对”。故事中的年轻男子，不过早起半个小时，却因为多了那段时间，让他可以好好衡量判断一下，当天的烦琐工作中，哪一件是值得先花时间去完成的“对的事”。排定优先级之后，再逐一深入思考，如何把事情“做对”。

可别小看事前的准备工作，多了这一个功夫，整体的工作流畅度会好很多喔！

就拿做饭要不要备料这件事来说好了。刚开始学做菜的时候，如果要做三菜一汤，我的做法是，先炒好第一道菜，端上桌，再来洗切下一道菜的材料，然后再下锅炒……依此类推。但几次下来发现，这样的方式不仅很容易手忙脚乱，而且两道菜上桌的间隔时间太久，等全部做好时，都已经冷掉了。

后来，我改变做法，一开始的时候就花点时间，将三菜一汤的鱼菜肉都洗好、切好，连同配料摆在盘子里。等所有东西备齐，再依序烹煮每一道菜，如此一来，整个过程不仅变得非常流畅，时间也缩短了许多，所有的菜也可以同时热腾腾地上桌了。

借由做饭这件事情，我慢慢观察到，其实自己本来就是一个“谋定而后动”的人，如果我计划要在今天或某一段时期内，完成一个工作目标，那么，第一步也是会“备料”，做好准备，一鼓作气去付诸行动。只要事先有充分的评估，就算过程中遇到什么变化，也能够静下心来寻求应对之道。

学学故事中的年轻男子吧！半个小时的蝴蝶效应，有时可是很惊人的喔！

改变别人，不如先改变自己

改变别人永远比改变自己困难。

有一对婆媳长期失和，加上婆婆嗓门大，讲话又直接，常常让媳妇觉得很刺耳。忍无可忍之下，媳妇跑去找一个熟识的中医朋友，希望他帮忙想想办法，甚至还提出了一个惊人的请求。

“有没有什么草药，可以让我的婆婆吃了之后声音沙哑？这样她就没办法再讲那些伤人的话了。”媳妇说。

沉思了一下，中医朋友答应了她的请求："好吧！我开一服毒药给你婆婆吃，为了不让其他人起疑心，你每天都要做她最爱吃的菜，再偷偷把草药加进去，毒会慢慢发作，大约半年后，你婆婆就会变成哑巴了。"

看到媳妇开心地收下草药，中医朋友又补充说："为了避免事情败露，你也要做做样子，对她好一点，她骂你，千万别回嘴，要你做什么，就赶快乖乖去做，在邻居面前，也要假装称赞她的好，这样才能不会被怀疑。"

"嗯！"媳妇点点头。媳妇回到家，果然照着中医朋友说的话去做，尽管是刻意装出来的，倒也有那么几分像。

"婆婆，今天有没有特别想吃什么菜？我做给您吃。"媳妇主动开口问。

看到媳妇突然变得这么殷勤，婆婆一下子有些不习惯，但想想她难得对自己这么好，也就随口说了几道自己爱吃的菜。后来，她发现媳妇常在邻居面前说自己好话，于是她也开始逢人就夸奖媳妇几句。

几个月之后，婆媳两人的关系大为改善，媳妇后悔下毒，赶紧跑去找中医朋友，希望拿到解药。只见中医朋友笑了笑，说："放心啦，其实我当初开的并不是毒药，而是一服补药。"

无论是家庭、职场，还是人与人之间，一有争执发生，我们常会觉得是别人的错，因此成天巴望着，只要别人改变了，情况就会跟着改善。然而，改变别人永远比改变自己困难。有时候只要像故事中的媳妇一样，先改变自己的态度，事情的发展就会不一样。

有个朋友收到电信公司寄来的手机账单时，发现上面有一笔网络连线费，金额还破千。她觉得奇怪，因为她向来都是使用免费的无线网络上网，照理说应该不会有这笔费用。为了搞清状况，她打电话到电信公司去问，因为无法接受客服人员的解释，就把对方狠狠地骂了一顿，但最后，还是得乖乖缴那一笔钱。

几个月后，我也碰到类似的情况，金额还高得吓人。朋友劝我要据理力争，但这几年下来，我慢慢学到了“理直气和”的道理，因此决定用平和的方式来跟客服人员说明，如果真的讲不通，那就算了。结果，事情的发展比我想象的顺利，虽然过程中免不了一些繁复的确认程序，但总算还是圆满解决。

以往我总认为，遇到不合理的事情就应该争取，但随着人生阅历的增加，我发现很多看起来不合理的事情，或是别人不合理的对待，其中很可能存在误会，只要好好把话讲开，问题大多可以解决。很奇妙，有时候如果先改变自己，周遭的氛围也会跟着转变。

真的，世界会因你而不同。

八百美元的奇迹

只要你愿意把你有的给别人，上帝就会把你需要的给你。

来自加州、目前在台湾发展的黑人歌手，分享了自己的一段特殊经历。

当她还在美国的时候，某个礼拜日，照例前往住处附近的教会参加聚会。那一天，她急需八百美元，但身上只有两百美元，还差六百美元。

聚会结束，她突然听到上帝对她说：“把你身上的两百美元，奉献给身旁的那位妇人。”

“什么？”黑人歌手无法置信，反问上帝，“神啊，我自己都还缺六百美元，把仅有的两百美元给她，我怎么办呢？”

但她还是照做了。隔壁的妇人一拿到钱，先是一脸不可思议，接着感动得直掉眼泪：“天哪！你怎么知道我正好需要这笔钱？我的丈夫失业了，家里已经没钱支付账单，还有孩子的生活费……”

把钱给了妇人，换黑人歌手烦恼了。没想到，就在当天下午，一个神职人员走到她面前，拿出一个信封给她：“虽然我不知道发生了什么事，但上帝让我给你这笔钱。”

黑人歌手打开信封一看，里面正好就是她急需的八百美元，一分都不差。

“只要你愿意把你有的给别人，上帝就会把你需要的给你。”最后，她这么对在场的每一个人说。

当我听到黑人歌手分享的这段故事时，内心生出的最大的感触是：“对于真正需要帮助的人，我们愿意付出多少？”

《圣经》经常教导，当我们拥有很多财富的时候，如果能够乐善好施，帮助弱势群体，那当然是最好不过了。但，如果你现在拥有的不多，甚至不太够用时，看到有需要的人，仍然愿意伸出援手的话，这种精神就真的令人敬佩了。

而且，很多时候，我们能给予别人最好的礼物，未必是金钱，也有可能是一份简单的关心和肯定。

有一次，我从兰屿返回台北，在台东火车站游客中心寄放行李时，随口和义工伯伯聊起来。伯伯问我提着这些行李准备去哪儿。我笑着解释，其实自己刚从兰屿回来，并简单分享了在那里当义工的一些事。

“哇！真棒！台湾就是需要多一些像你这样有爱心的人……”伯伯对我说。

实际上，伯伯自己也是义工，为了肯定他们的付出，我就回道："你们也很有爱心啊，也在当义工。"

"哎呀，我们做这些不算什么，只是小事，你做的才是大事。"

"《圣经》上说，人若能在最小的事情上忠心，在大事上也会忠心喔！"

听到我这么说，伯伯布满皱纹的脸，笑容更灿烂了。

其实，每个人都可以是义工——生命义工。生活中，对家人多一点关怀；工作中，对同事多一点友善；有余，就多一点分享；有力，就多一点付出。置身在这个纷乱的时代，与其感叹人与人之间的单纯不再，不如一起试着学习，以爱为出发点，当自己，也当别人的生命义工。

真的，世界会因你而不同。

别让自我期待，成了自我限制

人之所以会感到不快乐或不满足，往往是因为理想和现实出现了落差。

有个小男孩很喜欢打棒球，这天，他像往常一样，跑到家附近的公园去练习。当他向空中丢球，准备挥棒的时候，大声宣告说："我是世界上最好的打击手。"

结果，咻的一声，他的挥棒落空。捡起地上的球，他再度往天空抛去，挥棒的同时又对自己说了一次："我是世界上最好的打击手。"

第二次还是没击中。一旁观看的民众猜想小男孩应该会放弃，或者不会再说自己是最好的打击手，但事情出乎他们意料。

第三次，小男孩依旧告诉自己：“我是世界上最好的打击手。”然后，又奋力地把球往上抛，咻的一声，他再度挥棒落空。

小男孩不仅不难过，竟然还开心地向天空大喊：“耶！三个好球，我是世界上最好的投手！”

人之所以会感到不快乐或不满足，往往是因为理想和现实出现了落差。一旦两者产生了冲突，不是改变自己目前所做的，就是像小男孩那样，修正内心的期待。

某知名小提琴制琴家接受杂志专访时曾经提到，自己大学时候的梦想，其实是成为一名杰出的声乐家。当时的他就读于国乐科声乐组，其独特的嗓音让老师相当看好，并认定他有机会成为明日之星。

没想到，大学毕业后，前往意大利学声乐，他因为打工扭伤了腰，无法再运气唱声乐，最后只好忍痛放弃声乐这条路。可想而知，这对他的打击非常大，但也因此让他发现了自己另一项天赋。

后来，他进入意大利一所知名的制琴学院就读，潜心学习小提琴的制作技巧，毕业后走上制琴这一条路，还荣获了美国制琴大赛的银牌，成为首位获得这项殊荣的中国人。

若是当初受伤后，他仍坚持朝声乐领域发展，或许还是行得通，但因为表现平平，他只会是众多声乐家当中的一个。然而，他及时调整了方向，专注发展自己另一项天赋，因而成为中国当今数一数二的手工制琴家。

同理，故事中的小男孩有朝一日也可能成为一个“好的”打击手，但付出的代价却是失去了成为一个“杰出”投手的机会。

每个人都有与生俱来的天赋，唯有在这上头耕耘，才会活得与众不同。但如何发现自己的天赋呢？其实，只要仔细观察什么事情自己做起来特别开心，做得特别好，往这个方向去开发就对了。

只是再好的恩赐，都需要锲而不舍的练习和精进。曾经有人挑选了几位对人类历史有重大贡献的人物，像弗洛依德、爱因斯坦等人，针对他们的生平做深入研究。结果发现，他们之所以能够出类拔萃，是因为找到了自己的天赋，还因为曾经受过至少十年的专业训练。

天赋，加上苦练，是迈向卓越的不二法门。但在这个过程中，保持弹性也很重要，该调整的时候就要做调整，以免自我期待最后反而成为自我限制。

精打“失”算

没有行动力的人生，就像是一个恶性循环。

很多人都梦想拥有一间属于自己的房子，刚结婚的杰米夫妇也不例外，尤其是在孩子出生后，租来的小公寓就显得更加拥挤了。

“一直租房子也不是办法，不如我们买一间自己的房子，你看怎么样？”有一天，杰米这么跟妻子说，“我们每个月的房租，差不多可以拿来还房贷了。”

“可是我们首付款都付不起呀！”杰米的妻子说。

“虽然还不知道首付款在哪里，但我一定会想办法凑到钱。这几天我们先开始看房子吧。”

一周后，杰米夫妇如愿找到了一间合适的房子，但是光首付款就要一千二百美元。他直接找到了银行部门，希望以分期一年的方式，按月支付首付款，也就是每月支付一百美元。最后，银行部门答应了。

为了多赚一点钱，杰米又跑去找公司的老板，询问有没有加班的机会。被杰米的积极感动，老板找了其他差事让杰米在周末完成，以赚取额外的收入。

一个月后，杰米夫妇如愿以偿，搬进了属于自己的新房子。

虽然买房子不像买衣服或买鞋子，只要喜欢，就可以轻轻松松付钱、打包，然后带回家，但若迟迟没有具体的规划和行动，那么永远也无法踏出第一步。

有个朋友一直嚷嚷着要买房子，但一年过去了，其他说要买房子的朋友，包括我在内，都已经买了，唯独她一点进展也没有。

某次见面，她又谈起了房子的事。我忍不住问她："既然你觉得台北市的房价太贵，买不起，那为什么不考虑买在其他县市？"

"其他县市的房价也都涨了，没便宜到哪里去，这样的话，还不如在台北市买。"

转眼间，一年又过去了，朋友不仅没买到房子，还逢人就抱怨政府害她买不起房子，因为这时的房价比起一年前又涨了。

看到朋友这么愤愤不平，实在替她难过。如果当初她务实一点，评估自己的经济条件，不要这么坚持买在台北市，现在的她不仅早就拥有一间自己的房子，还可以搭上房价上涨的顺风车，不用再羡慕我们买得早。

和半杯水的道理一样，有的人看到，会开心地说：“哇！还有半杯水耶！”但也有人看到的反应是：“唉，只剩下半杯水了。”缺乏行动力的人，通常属于后者。一件事情要不要做，为什么没有去做，永远可以搬出一百个理由解释自己为什么迟迟不行动。

没有行动力的人生，就像是一个恶性循环。实验心理学有个专有名词叫作“习得无助感”，意思是，一个人若是经常体会到类似失败的无助感受，就会变得越来越消极，什么都不想努力。

当一个人不愿再做任何尝试的时候，生命就更不可能出现什么转机了！

多做一点，得到更多

一个人也可以走的很远。

英国某小镇有一个送货员，每天都得开着车挨家挨户去送货。几年下来，他开始感到枯燥乏味，起了离职的念头。

某一天，他又来到小镇送货，并敲响了一家旧公寓的门。

“年轻人，又来送货啦！”出来开门的老阿嬷签收货品之后，随即将一封信递到送货员面前，“不好意思，我眼睛不好，能不能请你帮我看一看这上头写了什么呀？”

“这是邮局的通知信函，请您去领包裹。”

“这样啊，可是我一个人去不了那么远啊。”

“没关系，我明天顺道帮您领过来好了。”

隔天，送货员按照承诺将包裹送来了，老阿嬷非常感激，不断地向他点头道谢。也就是在那时候，他找到了这份工作的价值和意义。

此后，他便开始帮镇上居民做一些举手之劳的事，比如顺道买些简单的日常用品，或是把信从这户人家顺道送到另一户人家……而居民也开始向他采购产品。没多久，公司主管注意到他的表现不凡，就将他晋升为业务员，薪水三级跳。

故事中的送货员大概怎么也想不到，小小的举手之劳，竟然就此改变了他的人生。其实很多时候，在工作中多做一点，最后受益的反而是自己。

西式连锁早餐店刚在台湾兴起的时候，有个亲戚也加盟开了一家店。每天凌晨五点半开门，生意就好得不得了，就算有三四个人手，还是忙不过来，一直要等到中午过后，人慢慢少了，才能打烊，营业额也颇为可观。

小学五年级的时候，我开始到亲戚的早餐店打工，赚一些零用钱。那时我才发现，她店里的生意这么好，不是没有原因的。做生意谁不将本求利？但亲戚常常为了让东西更好吃，宁可多加一点成本。

举例来说，她坚持吐司一定要趁热才好吃，所以有时客人一多，忙不过来，吐司跳起来太久，冷了，她就会要求我们重新烤一份；蛋不小心煎得有点焦，即使客人没说什么，她也会主动要求重新煎一颗。

为了提升食材的口感，亲戚还常常对原料进行再加工。比如鲔鱼罐，一般早餐店都是开了就直接拿来抹吐司，但她觉得这样吃起来太涩太腥，就在打烊之后，在鲔鱼罐中拌入一些抹吐司用的色拉。可别小看这一道程序，搅拌过后的鲔鱼肉真的好吃很多，客人都赞誉有加。

但谁料得到，当时才四十几岁的亲戚，某天早上醒来，突然因为头痛昏倒，送医后发现是脑出血，血块还压迫到脑干，无法开刀，几天后就过世了。她辛辛苦苦一手打造的早餐店，虽然改由家人来经营，但少了她严格把关和坐镇，生意每况愈下，最后只好关门大吉。

这段打工经历带给我的影响很深刻，我也从亲戚身上学到，当我们先看见别人的需要，并且试着去满足时，这样的正向能量最终会反馈到自己身上，创造对彼此都有利的双赢。

用不同方式抵达目的地

有个大男孩天生对颜色和美感很敏锐，美术课考试每次都拿最高分，但碰上其他课程，比如语文、数学、理化之类的课，成绩就掉到了末尾，这让他非常受挫。

某一天，父亲带他坐公交车到隔壁村去找亲戚，回程经过市集，父亲下车买东西，错过了开车时间。眼看公交车已经缓缓开动，男孩十分着急。

二十分钟后，公交车抵达总站，男孩还在担心父亲该怎么办，没想到一下车，就看到父亲笑眯眯地在等他。

“爸，你是怎么回来的？还比公交车快……”男孩一脸不可思议地问。

“我跑回来的呀！”喘了口气，父亲接着说，“公交车会绕路，我用跑的，可以走捷径，当然比较快啰！”

父亲趁此教育男孩：“孩子，其实到达目的地的方式有很多种，有的人是坐公交车，有的人是跑步，有的人是走路……”

看到男孩一脸疑惑，父亲解释：“虽然你的成绩不突出，但并不代表没有机会成功啊！换个方式，一样可以抵达目的地喔！”

在父亲的鼓励下，男孩开始朝美术领域发展，多次参加绘画比赛并获奖。初中毕业后，他顺利进入美术班就读。

社会的主流价值观普遍认为，只要是最多人走的，就是最安全的一条路，以至于到了后来，教育体制教出来的学生，都被导向一致化的发展模式，对考试分数更是锱铢必较。

有位作家，陪孩子到芬兰去念书，看到当地的教育体制，内心感触颇深。她说，芬兰的教育理念就是鼓励每一个学生“成为自己”，同学之间也是相互帮助大过竞争，成绩好的会主动去教成绩较差的同学。

她还记得，孩子的班上，某次数学测验普遍没考好，老师非但没有一个一个地批评，还安慰同学们说：“大家没考好，表示这个阶段的课程你们还不太懂，这样好了，老师再教一次，两周后，重新做测验。”

我没去过芬兰，但听了她的分享，我对这个国家很有好感，也很向往。相较之下，东方教育体制下，大多把学生当成分数竞争者，这样的环境如何培养孩子像课本中教的一样“爱人如己”呢？

基于这样的反思，越来越多父母选择让孩子接受非主流教育，比如在家自学，或是多花点学费，将孩子送到注重“生活教育”的私立学校。

曾经采访过一个艺人，他的孩子智力发育迟缓，小学的时候常常被欺负，他便把孩子送到森林小学就读。因为老师很包容学生的差异性，也教导孩子要尊重彼此的不同，因而同学的异样眼光没了，这个艺人的孩子逐渐恢复笑容，学习状况也慢慢稳定，长到十七八岁的时候，还能跟着父亲出演舞台剧。

看到这个孩子的变化如此之大，我深刻体会到，教育环境对一个孩子的成长真的很重要！有句话说：“老师（或父母）没有办法教自己不懂的东西。”

唯有大人先懂得看重自己的独特性，才有能力帮助孩子成为独一无二的自己。

名利，几乎没有人不爱，但别让它成为你的全部，因为，生命当中还有很多美好的事物值得你去发掘。

不完美即是人生

而人生，其实也像是一趟旅行，不管赚的钱多不多、爬的位置高不高，

只要愿意打开自己的心，尽情地去感受和体验，

即使只是路边的一朵小花，也能成为旅途中的惊喜。

名利，几乎没有人不爱，但别让它成为你的全部，因为，生命当中还有很多美好的事物值得你去发掘。

盖在沙滩上的城堡

炎炎夏日，沙滩上的游客络绎不绝，一个小女孩在父亲的协助下，正在盖着心目中的梦想城堡。

为了将城堡盖得又高又漂亮，小女孩特地带了全套的工具，用铲子将沙子堆高的同时，还像个建筑师一样指挥调度。

“爸爸，这里还要再加点水。”小女孩告诉身旁的父亲。

“是，遵命，大建筑师。”看到她这么认真，父亲不禁莞尔。

忙了一下午，一座壮丽的城堡终于完成了，小女孩兴奋得又叫又跳。正当父女俩沉浸在完工的喜悦中，突然，一道大浪袭来，啪的一声，冲毁了他们辛苦盖好的城堡。

小女孩非但没有伤心得大哭，还露出了惊奇的表情，说：“哇！好大、好漂亮的浪喔……”

“城堡被冲毁了，你不难过吗？”父亲不解地问。

“不会呀，因为我早就知道盖在沙滩上的城堡很容易就会被海浪冲走哇！”小女孩的态度一派轻松。

早年从事记者工作时，到了灾区采访，我才知道，中继屋和永久屋虽然外观看起来很像，都是斜斜的屋顶，二楼的高度，一派乡村风，但实际上，两者在建材上差很多。

中继屋，顾名思义，只是一个暂时的居所，灾民搬走之后就会拆除，因而建材比较简单，一般只会用所谓的C型钢，坚固性比较低。

永久屋，盖了就要住一辈子，所以会用钢筋水泥，坚固性和一般的房子相同。

此外，为了避免再度被泥石流波及，永久屋地点的挑选也会比较慎重，不仅不能盖在顺向坡上，也要和危险潜势溪保持安全距离。

建材和地点关乎一个房子的安全，这个道理我们都知道，却容易忽略了生活内涵和价值观，其实这也会严重影响到一个人的生命根基。

曾经看到一个记者同行在电视节目里讲到，自己快跨入四十岁的时候，非常焦虑，不是因为害怕变老，而是担心成就不如人。为了缓解焦虑，他开始打电话给几个要好的初中同学，问对方在哪里工作、担任什么职位、薪水多少……问到状况比自己差的，心里就很高兴，觉得自己混得还不错；问到比自己好的，又会变得很焦虑，开始想着如何才能胜过对方。

我跟那个同行并不认识，但因为曾在同一家电视台任职，多少耳闻对方的为人和个性。他在节目中的那段自述，我并不意外，还很佩服他的坦白。实际上，他只是一个缩影，在我的周遭，很多人的“成就焦虑感”并不亚于他。

然而，如同盖在**沙滩上的城堡，很容易因为一个大浪就化为乌有，当我们把绝大多数的生命建造在名利的追求上时，说不定哪天，无情的岁月浪潮一打来，同样什么也留不住**。甚至，有时只要公司高层一句话，乌纱帽就保不住了。我见过太多的电视台主管坐拥高薪，顶着漂亮的社会光环，但做个两三年，就被公司以某种理由换掉，一切全归零。

名利，几乎没有人不爱，但别让它成为你的全部，因为，生命当中还有很多美好的事物值得你去发掘。

六十九天的矿坑慢跑

2010年8月5日，智利北部发生了一起严重的矿灾，三十三名矿工被困在深达六百米的地底长达六十九天。其中有一个名叫潘尼亚的矿工，是业余马拉松的爱好者，受困期间，每天在坑道中慢跑十公里，把跑步当成活下去的动力。

在智利政府的帮助下，受困矿工勉强能通过一个小通道和外界联系。在一封给家人的信中，潘尼亚难过地写道：“你不知道身在地底，不能告诉你我活着，我的心有多痛。”外界看了这封信，相当动容。

终于，历经六十九天的黑暗煎熬，矿工陆续被救了出来。因为每天跑步健身，潘尼亚是所有人当中身体最健康的。不到一个月，他就受邀参加一场四万五千人的纽约马拉松大赛。他忍着左膝的旧伤，跑完全程四十二公里。他的目的并不在于赢得比赛，而是想借此告诉大家："只要愿意，每个人都可以找到战胜伤痛的勇气。"

智利矿工潘尼亚受困期间所展现出来的积极和乐观，让我想到了一个朋友，同时也是知名抗癌斗士，何亚伦。

何亚伦是美国人，已经来此住了超过十年，是三铁比赛的常胜军。有一次，他带着两个儿子到东部参加一场为期三天的铁人竞赛。出发前，他告诉我们这几个朋友说，这次带着儿子来比赛，真正的目的不是为了赢得比赛，而是增进父子间的关系。

比赛第一天，何亚伦就出事了。还在读初中的小儿子，因为一边骑车一边戴着酷听，不慎撞上了骑在前面的何亚伦，导致他重心不稳，摔倒在地上，造成左边的锁骨断裂，只好提早退出比赛。

让我深受感动的是，事后何亚伦谈起这段经历，不仅没有生气或埋怨，还不断细数内心的感谢。他说，虽然锁骨摔断了，但小儿子因为愧疚，一改原本酷酷的态度，开始主动帮他倒水或按摩了。此外，他也很感谢这场意外是发生在比赛的第一天，而不是第二天或第三天，不然之前的努力就白费了。

碰到倒霉事，还可以用这么正面乐观的态度讲出一连串的感谢，何亚伦的分享让我不禁红了眼眶。那阵子我正逢人生低潮，他的一番话，顿时打开了我的心结。

潘尼亚和何亚伦的例子，印证了心理学家维克多·弗兰克尔（Viktor Frankl）曾说过的一句话："人类最不可能被剥夺的自由，就是在任何状况下，我们仍然能掌握自己的态度。"而乐观就像是氧气，能帮助困在黑暗坑道中的我们，撑到被救援的那一天。

阿嬷的嫁妆箱

某天夜里，社区发生了一场火灾，火刚被扑灭，老爷爷就嚷着要回火灾现场，家人和邻居都无法理解。

“爷爷呀，现在进去很危险，万一有什么东西砸下来可就不好了。”邻居开口相劝。

“顾不了那么多啦！家里有一样很重要的东西，我得赶快回去看看它有没有被烧坏。”爷爷心急地说。

拗不过爷爷的坚持，大伙跟着他一块回到火灾现场，一起帮他找寻那个最重要的东西。

“爷爷，您要找的东西是什么？我们一起帮忙找，比较快。”

“你们往我房间的位置去，帮忙找一个方形的小铁盒。”

很快，就有人发现爷爷口中的小铁盒，但因为高温火烤，铁盒已经变黑变形，里头的照片也焦黑卷曲，让爷爷很伤心。

“这些是孩子们从小到大的照片，本来想留给孙子，作为传家宝，但现在什么都没有了……”爷爷忍不住老泪纵横。

儿子看了很不忍，赶紧抱住他，安慰说：“爸，您就别难过了！虽然照片没了，但我们一家人还平安站在这里呀！而且，您才是我们最重要的传家宝！”

曾有网站举办了一场名为“一卡皮箱”的活动，请来一些名人，比如电影导演魏德圣来分享：如果生命中只剩下一卡皮箱，你会放进去哪些东西？

这是个很有趣的问题。

还在当记者时，我曾去采访一个专门修理和拍卖二手家具的专营店，发现角落里有一个俗称“阿嬷的嫁妆箱”的东西。它的尺寸约是一张客厅茶几的大小，就外观看来，少说也有几十年的历史，但因为是用桧木制作的，不仅相当坚固，打开时，还会散发出一股自然的桧木香气。

我非常喜欢那个木箱，后来在二手家具的拍卖现场顺利以八百块（台币）的价格买到了它，但木箱被我一放就是好几年。直到后来，最爱的爷爷过世了，目睹他被放进棺材的那一幕，我突然想到，如果连肉身都有个棺材可以放，那么，比肉身更珍贵的灵魂呢？

送走爷爷之后的几个月，我开始进行生命大扫除，将从小到大保留的一堆物品几乎清空，只留下几样比较有意义的东西，比如日记、毕业纪念册、重要的卡片、奖状奖牌、自己的文章……然后，再把它们通通放进木箱中。

我曾经开玩笑地跟友人说，哪天想了解我的生平事迹，打开那个木箱就行了，因为里头放的每一样东西，都象征着灵魂的独特性，足以用来述说我是一个什么样的人、推崇什么样的价值观、拥有过哪些梦想，以及为这个世界做了些什么。

甚至，有时候选择太多，不知道该怎么做决定，我也会问自己："那个选择所带来的结果或成就，值得放进箱子吗？"如果答案是肯定的，我就会努力去追求和实践；反之，我就会让自己放手，不要什么都想紧紧抓在手里。

也因为这个"阿嬷的嫁妆箱"，我特别能体会故事中的爷爷为何如此宝贝那个放着照片的小铁盒。**每个人的一生中都有些东西值得收藏，而你的，又是什么呢？**

倒数计时的人生目标

目标，有时就像是一个罗盘，在茫茫大海中指引我们前进，有时又像是一把量尺，告诉我们在什么时间该做什么事情。

1976年，十九岁的李恕权已经是休斯敦太空总署实验室的一分子，很多人羡慕他的工作，但其实李恕权最爱的却是音乐创作。

因缘际会下，李恕权认识了一个非常会写词的女孩子，叫作凡内芮，曾经多次在诗词比赛中胜出。两人合作搭档了一阵子，创作了不少经典好歌。

“在你的心目中，最希望五年后的自己在做什么？”有一天，凡内芮突然问李恕权这个问题。

“我希望五年后能发行一张很受欢迎的唱片，得到市场的肯定。”李恕权说。

“好，如果你想在第五年发行一张唱片，第四年就必须跟唱片公司签约，所以第三年你要完成一张音乐作品，才能给唱片公司听。”凡内芮接着说，“第二年要开始录音，所以第一年要先编曲，第六个月要把所有的作品修改好，第一个月要把目前这几首曲子完成，而照这样看来，你第一周要做的事，就是要列出一张清单，决定哪些曲子要修改，哪些要继续完成。”

虽然不确定梦想会不会实现，李恕权还是照着凡内芮的话去做了。经过了六年的努力（只比原定时间多一年），1983年，李恕权的梦想终于实现，不仅发行了自己的第一张专辑，还成为家喻户晓的歌手。

我有一个大我四岁的哥哥，虽然从小生长在同一个家庭，我们兄妹俩的个性却南辕北辙，唯一的相同点，就是我们对于自己的未来都很有想法，而且会一步一步努力去实现。

哥哥大学毕业那一年，以“实习生”方式进入了一家知名美商计算机公司，主要的工作内容，是在电话中协助客户解决计算机使用中出现的问题。但说穿了，就是一个懂计算机的高级接线员，再加上实习生薪水低、没保障，于是当时的他暗暗在心里定下一个目标，就是不仅要成为公司正式员工，还要进入人人抢破头的业务部门。

为了实现自己的梦想，他开始以一个超级业务员的标准来要去自己，在工作上碰到无法解决的计算机问题，就会私下花时间去研究，直到找出原因。一有机会，他就会去认识其他部门的人，借此了解组织文化，以及各部门的实际运作。

一年后，因为杰出的工作表现，哥哥如期从一个约聘人员晋升为公司的正式员工，厚实的专业底子也让他获得许多部门主管的赏识，先后轮调了好几个部门，历练相当完整。更重要的是，第七年的时候，他如愿以偿成为公司的超级业务员，数年之后，还脱颖而出，坐上高阶经理人的位子。

有句话说，计划永远赶不上变化。但反过来说，如果没有计划，那么也永远不会有什么变化。目标，有时就像是一个罗盘，在茫茫大海中指引我们前进，有时又像是一把量尺，告诉我们在什么时间该做什么事情。

如果你还不知道自己现阶段该做什么、该往哪里去，不妨试试这种倒算人生目标的方式，相信有朝一日，你也有机会成为梦想中的自己！

只喝几口的黑咖啡

若是不改变，人生只会是原地空转。

同样的时间，同样的地点，同一对母子又出现了。

女店员观察他们很久了。他们来到店里，总是坐在最角落的位子，一聊就是三四个钟头，咖啡却没喝上几口。但说是聊天，绝大多数的时间都是七十岁的老妈妈在抱怨，五十岁的儿子只负责点头。

这一天，也不例外。

“我真的快受不了你大嫂了，每次只要跟她讲几句话，就开始吵架……”老妈妈又抱怨起这阵子的生活。

“是喔……”平日没住在一起的小儿子，表情沉重地听着。

无意打探顾客隐私，但女店员多少听到一些对话内容，她发现，这两年多来，老妈妈抱怨的内容几乎一样，长期累积负面情绪，最近的她动不动就把“不想活了”挂在嘴边。

那对母子结账离开后，女店员看到两人点的黑咖啡还剩一大半，不禁感叹，他们花太多时间在抱怨，不仅改变不了现状，连品尝当下的机会也失去了。

有阵子，台湾掀起了一场“不抱怨运动”，参与的人必须戴上一个特制的紫色手环，发现自己在抱怨，就把手环换到另一只手上，依此类推。

推动者宣称，只要连续二十一天手环都没换过边，就能养成不抱怨的习惯。

不少人反映，这样的效果很好，因为手环可以帮助他们觉察自己是不是经常抱怨，有心想改变的人，戴了一阵子，抱怨次数果然减少了。但也有些人参与只是出于好玩，没多久，就因为受不了换来换去，直接把手环给拿掉了。

在职场，糟心的事情一堆，说不抱怨，真的很难。特别是一群同事聚在一起，最大的乐趣大概就是你一言我一语，把上司或公司数落一番，在同事刻意附和下，还会觉得问题不是出在自己身上，自尊心总算又得以维持。

我也曾经如此。早年刚从杂志社跳槽到电视台时，因为不认同主管要求的新闻角度和内容，每天上班最期待的，就是中午和同事一起吃饭聊天，与其说是感情好，不如说是大家都想找垃圾桶，一吐怨气。刚开始，我觉得这种方式很过瘾，同事间还会建立起所谓的革命情感。但没多久，我就开始感到厌烦，听来听去都是一些老问题。我逐渐意识到，若是不改变，人生只会在原地虚耗和空转。

针对抱怨内容，我开始思索有没有解决的可能性。后来找到了，我就勇敢做出新决定——一来，是让自己不再有抱怨的理由；二来，是希望可以真心乐在工作。

一般人通常会以为，抱怨是对真实处境的反应，但从心理学的角度来说，抱怨其实是出于内心的防卫机制在“作祟”。把问题推到别人身上或外在环境上，确实可以让自己感觉舒坦一点，但那就像是吗啡，只能暂时止痛，并不会治好你的病，吃多了还会上瘾，甚至严重伤害到身体。

而且，坐在椅子上抱怨，并不会带着你往前走，而站起来行动可以。

选择才会带来负责，唯有自己选择的人生，才能活得踏实。

不完美即是人生

选择才会带来负责

唯有自己选择的人生，才能活得踏实。

在心理治疗体验工作坊的课堂上，老师将五张A4纸放在桌面上，每张纸上各写着一种句型，分别是：

（1）“我应该……”

（2）“我选择我应该……”

（3）“当……我选择要……”

（4）“当……我可以不要……”

（5）“我现在选择……”

没有多解释什么，老师请了一个学员上台示范，请她将这五种句型套用在实际的生活当中。

“我应该为家人牺牲自己的生活。”三十多岁的妈妈小慧套用第一个句型时，讲出了自己当前的处境。

接下来是第二个句型。“我选择我应该为家人牺牲自己的生活……”讲到这里时，心情平静的小慧突然哽咽了。

“讲到这个句型，你的情绪开始起伏，是不是心里有委屈的感觉？”拥有丰富心理咨询经验的老师，口气温柔地询问小慧。

只见小慧点了点头，眼泪还在继续掉。其他学员见到这一幕，也跟着安静了下来，很多人嘴上没说，但其实内心也涌起了相同的痛，那就是发现自己总是活在别人的期望中，逐渐失去了自我。

比较一下第一个句型“我应该……”和第二个句型“我选择我应该……”的差别在哪里。没错，就是多了“我选择”这三个字。

以前有个记者同行，刚从A电视台跳槽到B电视台，工作上也还算愉快，没想到某一天，却传出她要离职的消息，原因是，她父亲要求她放弃台北的工作，回到家乡参选议员。

“这是你想要的吗？”有天在公司碰到她时，我问她。

“我根本没得选择呀，我爸希望家里有人继承他的政治衣钵，所以很坚持……”记者同行很无奈。

老实说，我有点替她担心，因为在大家的眼中，她就像个“傻大姐”一样，加上个性比较单纯，我们都很怀疑她是否能适应复杂的政治圈。但父命难违，她还是辞了工作，投入议员的选战。经过几个月的拜票和冲刺，选举结果揭晓，只获得几千票的她落选了，最后又默默回到台北找工作。

我们也一样，多少会面临来自社会和家庭的期待，例如考上好学校、赚更多钱、爬到更高的职位、为家庭牺牲自己……这些期待通常不关乎对错，但既然对我们是好的，为什么做起来不开心呢？症结都在于是不是发自内心的主动选择。俗话说“选择才会带来负责”，唯有自己选择的人生，才能活得踏实。

隐形马铃薯

无论什么年纪的人，只要内心没有真正的宽恕和放下，隐形马铃薯就会如影随形。

社区大学的教室里，一群五六十岁的婆婆妈妈正叽叽喳喳地聊着天。突然，老师拎着一大袋马铃薯走进了教室。

“今天我带了一些马铃薯来，待会儿要玩一个游戏。”老师发给她们一人一个空袋子，“现在请你们闭上眼睛，回想有没有什么人得罪你，或是有什么事情让你一直耿耿于怀。”

一分钟后，老师接着说："好，如果想到有一个人得罪你，那就拿一颗马铃薯，写上对方的名字，放进自己的空袋子，想到两个人，就拿两颗，依此类推。"

"我那个媳妇不做家务，讲也不听，还摆脸色给我看，我要写她……"平日就常抱怨媳妇问题的王妈妈率先动作。

"我老公才糟糕，每天都把我当空气，实在很过分……"

"我讨厌公司的老板，他很爱在办公室大呼小叫，还一直挑我毛病……"

一边抱怨一边写，很快，每个人的袋子里都装满了马铃薯。

"既然大家都完成了，那么老师现在就宣布，这周的作业，就是无论走到哪儿，都要提着或背着这袋马铃薯，直到下周来上课……"

一周后，同学们再度回到课堂上，终于忍不住抱怨：“老师，一直提着这袋马铃薯，很重又很累耶！”

“是呀！那你们现在应该能体会，如果不懂得宽恕别人，一直把不开心的人、事、物放在心上，会让身上的担子有多重了吧？”

“可是我们该怎么做呢？”有学生问。

老师露出了一抹睿智的微笑，缓缓地说：“放下就可以了！”

这是我很喜欢的一则故事，因为在现实生活中，我看到太多人终其一生都背着一袋隐形马铃薯在过日子，随着年龄增长，身上的马铃薯袋越来越重，即使重到自己都快喘不过气来了，还是不愿放下……

曾经跟着一个慈善团体到老人院探访，里头的阿公阿嬷年纪七八十岁，会住到这里来，通常是因为没有子女，或是被子女弃养。当我和这些阿公阿嬷并肩坐着聊天时，我问他们：“现在最大的希望是什么？”有不少人都回答我说：“想赶快死，继续活着没什么意思……”

这样的答案，让我听了既心疼又难过，难道人到了晚年就只有等死一途？当我继续跟他们聊下去的时候，又发现，充斥在这些阿公阿嬷脑海中的，尽是一些悲情的陈年往事，尽管有些剧中主角早已不在人世，阿公阿嬷还是不愿放下苦毒，连带晚年生活也开心不起来。

其实不止他们，在职场上我也见过不少血气方刚的年轻人，常常因为不满谁谁，总是处在愤怒的情绪当中，最后不仅搞砸了人际关系，整个人也变得郁郁寡欢。

无论什么年纪的人，只要内心没有真正的宽恕和放下，隐形马铃薯就会如影随形。而就算此刻，你已经将身上的马铃薯清光了，也难保未来不会再装进新的。想要人生的旅途走起来轻松一些，就得时常提醒自己：把身上的那一袋马铃薯放下吧！

美貌会随着年纪的增长而消逝，唯有智慧会随着岁月的流逝而累积。

不完美即是人生

混在铜币中的一枚小金币

有个学者，研究成果非常突出，但因为身材比较矮小，经常成为其他学术同行取笑的对象。

有一次，他受邀参加国际会议，一个体形高大的教授刻意当着一群人的面问他："站在我们中间，你一定觉得自己很渺小吧？"

其他人听到教授这么说，非但没有帮忙解围，还跟着讪笑起来，一副等着看好戏的样子。正当大家好奇学者会作何反应时，只见他不急不徐地回答说："没错，此刻的我觉得自己就像是混在一堆铜币中的一枚小金币。"

教授那一帮人想取笑学者，结果反而自取其辱，一个个摸摸鼻子就走开了。

从故事中那个学者的回答，你看到了什么？有的人可能会认为他自命清高，但我佩服他的自信。

从小我就很羡慕班上那些高个的女生，成天幻想着哪天也能长成一副模特身材，但实际上并没有。

进入社会，穿上高跟鞋，用长裤一遮，轻轻松松就可以增高，我也变成没有五厘米以上的鞋子不穿。就连有一次跟着一群朋友外出踏青，我也坚持要穿有高度的鞋子，只是我会选择厚底楔型鞋，走起路来比较平稳。

同行的朋友看不下去，忍不住问我：“你为什么不穿平底鞋，而是把自己弄得这么辛苦？”

印象中，我没有说出个所以然，只知道当时的我就是过不了心里那一关。

直到后来变得比较成熟、有自信，我才开始试着买平底鞋，并且从一个月穿两到三次，变成现在除非是服装搭配的需要，否则大多数时间我都穿着平底鞋——穿过高跟鞋的人都知道“脚踏实地”的感觉有多舒服！

为什么我会有这样的转变？几经思索，我才逐渐领会到，随着人生轨迹的改变，我的价值观和眼光已经与以前不同，我不仅可以全然地接纳自我，也开始懂得欣赏自己的独特性。

就外在长相来说，我知道自己的五官特点是什么；就内在样貌来说，我也很清楚自己的心理特质是什么。一个懂得欣赏自己的人，才会懂得欣赏别人，甚至帮助别人发掘优点，并以此激励对方。

不少以“幸福感”为题的研究报告都指出，外在环境（如外貌长相、居住安全、人际关系、经济稳定、感情和顺……）对幸福感的影响程度，其实只有8%～15%，其余的85%，还是取决于一个人的主观感受。也就说，只有你，才能为自己的幸福下定义。

美貌会随着年纪的增长而消逝，唯有智慧会随着岁月的流逝而累积。当自信建立在扎实的内在底子上时，无论身高多少，你都可以成为自己心目中的小巨人。

自私的马儿

商人同时养了一匹马和一头驴，不管到哪儿都会带着它们，但奇怪的是，每次只要一有东西，都是驴子在背，马儿则轻松地在一旁走着，这让身材比较瘦小的驴子心里很不平衡。

“为什么每次重的东西都是我背，你却不用背，真是不公平。”有一天，小驴子向马儿提出了抗议。

“哼！因为我比较尊贵呀，这种粗活当然是由你来做。”马儿骄傲地回答。

小驴子默默吞下了委屈。日复一日，小驴子硬撑着自己弱小的身躯，替商人背了一趟又一趟的货物，马儿也依旧过着快活的日子。直到有一天，小驴子身上的货物实在太多，眼见它已经快背不动了，商人只好把一些货分给马儿来背。

“能不能再帮我多背一些呀？背上的东西好重，我快要支撑不住了。”小驴子喘着气，向马儿求救。

“才不要呢！我自己背得轻轻松松的，干吗要自讨苦吃。”马儿狠心拒绝了。

结果，没走几步路，小驴子就因为不堪重负，死了。商人就把小驴子身上的货全部卸下来，改由马儿来背。这时候，马儿开始后悔了，心想，如果当初答应帮小驴子分担货物，它就不会累死，东西也就不用全由自己来扛了。

有句话说："人不为己，天诛地灭。"这个故事要告诉我们的却是，人千万不要自私自利，因为下场只会是两败俱伤，害人害己。

而且，比较自私的人通常也会比较自负，让人敬而远之。

有个临时组成的义演团体，爆发了严重的冲突。起因是成员当中有人得了大头症，不仅在排演过程中各种挑剔，态度非常差，在团体中也什么都要争第一，比如造型要第一个做，妆也要第一个画，舞衣也要第一个穿……完全不把其他人放在眼里。

大家都是义务参与演出，没有领任何酬劳，遇到这样的情况，心里当然很不高兴，但都敢怒不敢言。唯独有个工作人员，因为前前后后实在受了太多气，就直接跟他杠上，还讲明再也不会帮他做任何事情。而这么一吵，也算是为大家出了一口气。

自此，那个人就被列为拒绝往来户，再也没有人愿意帮他任何忙，或是再跟他有什么合作。自私和自负，让那个人赢了面子，却彻底输了里子。

职场上其实也有许多自私自利的人。若你仔细观察，就会发现这些人表面上占到了便宜，人际关系却好不到哪里去，因为有谁会愿意跟一个不懂得尊重他人、成天只想占别人便宜的人做朋友呢？

反之，那些在角落里默默做事、不争名也不夺利的人，虽然一开始好像没人看见，但日久见人心，这样的人反而会赢得真正的尊重，也比较容易得到他人的帮助。

人类，本来就是一个群体社会。若是人跟人之间的相处能够少一点自私，多一点同理心，彼此扶持和帮忙，那么不仅会把事情做得更好，我们的社会也会变得更温馨。

要感谢那些曾经伤害过你的人！

不完美即是人生

感谢伤害过你的人

若不是过往那些丑陋的伤痛裂痕，光如何照进你内心的黑暗角落。

日前，在电视上看到闽南语歌手詹雅雯的报道。她说，自己从小就是一个爱唱歌的女孩，一部分是因为兴趣，一部分是因为家里穷，而她只要参加歌唱比赛，就可以拿到各式各样的奖品。

初中时，家里的经济条件稍微改善，詹雅雯和妹妹开始找老师学唱歌，但是当时的她一直掌握不住技巧。有一天，老师实在受不了了，就直接跟她的父母说："这个孩子没有唱歌的天分。"

这句话对詹雅雯的打击很大，但好胜的她非但没有服输，还在每天放学后，一个人留下来练唱，利用学校楼梯间的回音效果，训练丹田的力量和鼻腔的共鸣。一天天练习下来，她慢慢领悟到了发声诀窍，而借由楼梯间回荡的歌声，她发现，原来自己唱歌还是蛮好听的。

自此，她建立起了坚定的信心，不再让老师当初的那句话困住自己。在二十岁那年，她幸运地得到了发片的机会，并于2008年荣获第十九届金曲奖最佳闽南语女歌手的殊荣。

若是当初詹雅雯选择相信老师的话，认定自己没有唱歌天分，现在的她会变成什么样子呢？台湾还会有这个金曲歌后的诞生吗？我想，答案很清楚。

我自己也有过类似的遭遇。

初三的时候，学校有所谓的能力分班，我虽然被分在好班，成绩却不是特别突出，连续几次的模拟考分数都显示出我肯定考不上高中。老师也已经摆明了说，要放弃一些考不上高中的学生（包括我），把力量集中在班上的几匹联考黑马上。

有天中午，老师要求大家吃完饭马上午睡。这时，坐在前面的一个女同学不知道为了什么事，突然转过头来跟我讲话，我还来不及回答，老师就跑过来制止，并不分青红皂白地骂我："你自己不想念书，考不上高中就算了，拜托不要影响考得上的同学啦！赶快让她睡觉好不好……"

我完全没有解释的机会，一股强烈的委屈涌上我的心头。从那天晚上开始，我就决定要发奋图强，排定每天的复习进度，目标就是赶在联考前，将初一到初三所有的课本，不管懂不懂，都要读一遍。为了强化记忆，我还运用理解式记忆的方式，重新归纳各科的重点。

高中联考成绩发榜后，我不仅顺利考上了第三志愿，分数还是班上的前几名，那些原本被老师视为黑马的学生，反而因为表现失常，成绩都不如预期。

虽然被老师误会的感觉很委屈，被看不起的感觉更是糟透了，但不得不承认，有时生命中的贵人就是会以伤害你的方式出现，激发我们求胜的本能，进而爆发出连自己都意想不到的潜力。

尽管在此过程中难免会伤心落泪，但最后欢喜的还是我们自己。

在此，套用出版公司老板跟我说过的一句话：“要感谢那些曾经伤害过你的人！”相信故事中的詹雅雯也有相同体会。

拿掉工作，还剩下什么？

年轻时的她，是个叱咤风云的职场女强人，退休后，生活步调一下子放慢，加上失去了社会光环，她变得患得患失，甚至觉得自己老了，不中用了。

有天晚上，三岁小孙女抱着一本故事书来找她："奶奶，妈妈感冒了，喉咙不舒服，你可不可以讲故事给我听？"

禁不住小孙女的请求，她戴起老花眼镜，照着故事书一字一字地念，但才讲到一半，她就开始编故事，还融入了一些自己的生活经历。

小孙女听得意犹未尽，临睡前还对她说：“奶奶，你讲的故事跟我平常听到的都不一样，好有趣喔！下次还要讲给我听喔！”

她灵机一动：“对呀！其实我可以到附近学校讲故事给小朋友听啊！”于是，她广邀社区里的阿公阿嬷，一起研究讲故事的技巧，还到小学里为孩子们讲故事，甚至被封为校园里最受欢迎的故事奶奶。

故事中的奶奶，让我想到了自己的母亲。

我的母亲生长在一个贫困的家庭，小学都没念完，她就得帮忙赚钱养家。嫁给我的父亲之后，她投入寿险业，工作更是没日没夜。印象中，母亲经常骑机车载着我，挨家挨户去收取保险费，忙到晚上十点才回家。

巨大的工作压力，让她经常闹头痛，甚至在三更半夜挂急诊。考虑到身体因素，加上父亲也需要她照顾，还不到六十岁，她就选择了退休。

只是才退休没几个月，她就像故事中的奶奶一样，觉得人生失去了重心，闷到快得抑郁症。眼见她越来越消沉，我赶紧鼓励她去参加一些社团，或是去当义工，但她似乎都兴趣缺缺。

有次回台南，看到餐桌上有一个画本，我翻开来看，发现里面有许多美丽的花朵素描，有的甚至还涂上了颜色。

“谁画的？这么漂亮。”我问。

“当然是我画的呀！最近老师教我们素描，我就常常自己在家练习……”母亲自豪地说。

我笑了笑，打从心里为母亲感到高兴，而这也是我第一次发现，原来平时看起来大喇喇的母亲，不仅绘画的天分还不错，画起素描也挺细心的。

我一直觉得，母亲是在退休后才开始有机会做自己。回顾她过去的大半辈子，不是奉献给原生家庭，就是奉献给父亲和我们兄妹俩，她总是把自己摆在最后面，以至于到后来我们也经常忽略母亲的感受和需要。

幸好，退休后的她已经慢慢开始自己的新生活，同时也发现，原来除了工作，还有那么多好玩的事情可以做。

人生不是只由“职场”这个单一面构成，但我们往往会因为把工作视为全部，而忽略了生命中其实还有许许多多的乐趣。

人不是机器，再怎么努力，或看似被需要，总有一天还是要退出职场。**若是有一天拿掉了头衔和职位，发现自己竟然什么都不剩，那就代表从现在开始，得好好经营自己的生活了。**

当别人生命中的天使

所以，不要吝啬当别人生命中的天使，因为有一天，别人也会成为你的天使喔！

有个住在城外的贫民，已经连续挨饿好几天，不得已，只好勉强拖着身子进城乞讨，图个一餐温饱也好。但没想到，一间米店的老板看到他的处境，很同情他，一口气给了他半袋白米。

以他一个人的食量来算，这半袋白米少说可以吃上一个月，但他想到住家附近还有很多人家境贫穷，就大方地把白米放在门口，供大家取用。

一开始，白米的数量一直在减少，但几天后再去看，麻袋里的白米竟然不减反增。他暗中观察才发现，很多来取米的人，为了感谢他的救急之恩，隔几天来归还白米时，都会多加一点进去。

原先只有半袋白米，后来变成了满满的一袋，他决定把这些白米做成餐点，低价贩售。由于手艺还不错，他的餐点生意很快就做出了口碑。逐渐累积的收入，让他在一年后顺利开了间餐馆，彻底摆脱了贫穷的生活。

人跟人之间的相处，有时就像打回力球一样，你付出了什么，回到自己身上的就是什么。同样地，若是常常主动对他人伸出援手，无形中，也比较容易得到他人的帮助。

有一次，我从花莲搭火车前往台东，在站台等车时，一对老夫妇的对话吸引了我的注意。

“8车啦！”瞄了车票一眼，老先生很肯定地说。

“是吗？可是看起来不太像啊！”老太太拼命盯着手中的票。

知道老人家视力差，看不清车厢号码，我就主动走过去，帮他们确认车厢的位置，看了票才发现，根本不是老先生以为的8车，而是3车。有了我的保证，老太太松了一口气，连连向我道谢。

只花几秒钟帮忙看一张票，就能让这对拖着行李、行动又不太方便的老夫妇少走十个车厢，这样的投资报酬率实在值得。而且，如同故事中的贫民最后自己也受益一样，在乐于为他人付出的同时，我也常感受到身边充满了正向能量。

某日下午，我到咖啡馆写稿，但将车子停在地下车库之后就迷路了，幸好有个清洁人员经过，热心为我指引。

“楼梯就在前面……”看我满脸疑惑，清洁人员二话不说，直接带着我走到楼梯间，“从这里走上去就可以看到咖啡馆了。”

“谢谢你喔！”

我刚爬上楼梯，他又问了一句：“你知道怎么走回停车场吧？”

“我知道，谢谢！”

向他挥挥手，上楼后，我顺利找到了咖啡馆。虽然对他来说，为我带路只是举手之劳，但若没有他的及时帮助，我不知道还要在地下停车场绕多久呢。所以，不要吝啬当别人生命中的天使，因为有一天，别人也会成为你的天使喔！

差之毫厘，失之千里

周末，男子准备带着全家人出游，出发前，却发现左前轮的轮胎没气，赶紧到车厂检查。

“这个轮胎该换了，等你们回来之后再来换吧。”车厂师傅说。

安全起见，男子请师傅先将左边的前后轮胎调换，师傅照做了。刚开上高速公路的时候，一切都很正常，直到碰上塞车，时速减缓到十公里，车身开始出现严重摇晃。

“发生了什么事？是我们太重了吗？”家人开始感到不安。

“对呀！怎么会这样子，不是才让车厂检查过轮胎吗？”男子也不解。

摇晃持续了好几分钟，直到车速加快，才又恢复正常。返家后，男子立即前往车厂检查，并告知摇晃的情况。师傅这才解释说，这是因为车子两个前胎的胎纹深浅不一，慢速行驶时就会出现晃动，只要把两个旧胎同时换新，两边高度一样了，晃动问题自然会解决。

果然，更换之后，男子的车子就恢复了正常。

想不到吧？车子前面的两个轮胎，胎纹高度不过相差0.5厘米，竟然就足以造成车身的晃动。这提醒我们，有些时候，“精准”真的很重要。

胡适写过一篇文章，叫作《差不多先生传》，里头描述了一个姓

“差”名“不多”的人。他最常挂在嘴边的一句话就是：“凡事只要差不多就好了，何必太精明呢？”

举例来说，小时候，母亲要他去买红糖，他却买白糖回来，挨骂了，还对母亲说：“红糖同白糖，不是差不多吗？”长大后，他在铺子做伙计，经常把“十”字写成“千”字，被掌柜指责，他却笑嘻嘻地说：“‘千’字比‘十’字只多了一撇，不是差不多吗？”

可别以为这种人只出现在胡适的笔下，现实生活中，我也认识一个“差不多先生”。平心而论，他的设计天分确实很不错，只要告诉他一个概念，他就能想出合适的版面，让客户看了都很满意。但唯独有一点，让那些合作过的人都很困扰，就是他很会拖稿，明明事先讲好什么时间截稿，过程中还不断提醒，他还是会开天窗，不是拖到最后一刻草草收尾，就是迟交个一两天。

也因为拖到最后一刻才拼命赶进度，他的作品常常会出现一些小瑕疵，如版面色系前后不一致，或是该用特殊字体显示的段落被遗漏掉。诸如此类的错误不断发生，让一个原本有九十分的创意设计，因为时间上的延误，以及内容上的瑕疵，最后只剩下六十分，勉强及格，真的非常可惜。

为此，我曾经跟他沟通过很多次，但他总是回答说“都已经印了，也没办法”，或者“差一点点没关系啦，又没有人会注意到”。

有些东西或许确实未必会有人注意到，但过程中一起共事的人，却已经默默在心里打了印象分数，日后再有什么大型案子，就不太敢找他合作，那么，损失的到底是谁呢?

鸿海董事长郭台铭曾说：“魔鬼藏在细节里。”**强调“细节”就是取得成功的关键。但如何顾及细节？靠的就是专业和负责任的态度。**

问题，不在于杯子

一群学生相约到老师家聚餐，见面后，聊起了彼此的生活，但讲来讲去，话题总是离不开办公室的斗争、升迁上的不公、谁赚的钱比较多……

看到大家满脸愁容，退休多年的老师从柜子里拿出几个杯子，说：“讲了那么久，大家应该渴了，来，每个人挑一个自己喜欢的杯子去接水吧！”

“我要这个红色马克杯，大家不要跟我抢……”

“这个白色陶瓷杯好漂亮喔……”

“我喜欢这个手工陶杯……”

好像小朋友挑玩具一样，每个人都挑了自己最喜欢的杯子，只剩下一些不起眼的杯子还留在桌上。“大家有没有发现，现在你们手里的杯子，都是这里面最漂亮或是最有特色的？”老师问。

同学们点了点头：“嗯！”

“但想一想，你们拿杯子是为了做什么？”

“当然是喝水呀！”

“那就对了！其实你们需要的是水，不是杯子。”老师进一步比喻，“如果金钱、工作和地位是杯子的话，那么生活就是水，一个人活得开不开心、精不精彩，跟这些外在条件并没什么太直接的关系，所以很多时候，问题并不在于杯子……”

曾经，我以为人生只有一种选择，就是读书、工作、结婚、生小孩……一直到了大学毕业的第二年，认识了一个同公司但不同部门的女孩，从她身上我才发现，哇，原来人生也可以这样过。

印象中，她大我两三岁，公司的员工旅游中，我们被安排住在同一间房间，所以有了一次深谈的机会。她说，自己很爱自助旅行，每年至少会出国一次，有时是和两三个朋友相约一块去，有时则是一个人背起行囊就出发。

她的旅行路线也很随性，常常循着一份地图就穿遍城市的大街小巷。我问她："迷路了怎么办？"她耸了耸肩说："有什么关系？那就开口问啊！如果对方听不懂我的破英文，那就再比手画脚就好啦！"

因为常出国的关系，她没什么积蓄，有时为了挪出一个十几二十天的长假，甚至可以辞掉工作……虽然，这种为了出国玩就换工作的方式不见得每个人都可以接受或认同，但不可否认，她那份尽情享受生命、活在当下的洒脱，的确很令人羡慕。只是当时的我想都不敢想，只能像井底之蛙一样，兴奋地听她讲述一趟又一趟的旅行。

直到几年前，我才开始学着把生活的重点从头衔和薪水这些事上，转移到真正的生活内涵上。渐渐地，我也爱上了流浪的感觉，沿途常有机会认识不同的朋友，每一次通过彼此的分享，仿佛又打开了人生的另一扇窗，心灵也跟着丰富了起来。

现在的我，越来越能够体会当年那个女孩的渴慕和追求。**而人生，其实也像是一趟旅行，不管赚的钱多不多、爬的位置高不高，只要愿意打开自己的心，尽情地去感受和体验，即使只是路边的一朵小花，也能成为旅途中的惊喜。**

危机就是转机，只要能秉持着乐观的态度，就能在困难中熬下去。

不完美即是人生

三十五美元的转机

一念之差，往往成就截然不同的人生。

七岁时，他开始卖杂志、卖报纸，同时也卖爆米花，一直持续了十年。

十七岁时，他找到了生平第一份正职工作，负责帮棉花商的买卖经纪人写价码牌，一周可以赚十二美元。

有一天，公司释出了一个簿记的职缺，周薪高达三十五美元，他提出申请后，顺利得到了这份新工作。但一周后领薪水，他发现还是只有十二美元。他主动向公司反映这件事，一周后再看薪水袋，里头的钱虽然增加了，但也只有十五美元。

“当初不是说簿记这个工作，周薪是三十五美元吗？为什么我只能拿到十五美元？”他再度向公司反映，结果得到的答案竟然是：因为他只是一个年仅十七岁的未成年孩子。

三十五美元一事，让他看到了社会现实，于是愤而提出辞职，而这，也是他最后一次向人领薪水。

之后，他选择自行创业，也赚了不少钱。1910年代时，看到美国旅馆业市场的潜力，他转而投入旅馆品牌的经营。如今，他创立的Holiday Inn（假日酒店），已经成了全球知名的连锁旅馆品牌之一。

过去在杂志社当记者的时候，常常有机会采访社会各界的成功人士。在采访过程中，我慢慢体会到，想在一个领域出类拔萃，除了要有独到的市场眼光，以及扎实的专业能力，还要有过硬的心理素质，也就是能否化危机为转机。

曾在电视上看到一个台商接受采访，他虽外表朴实，但其实已经是全球最大的触控感应器供应商，身价高达数百亿。但那段报道能吸引我看下去，不是因为他惊人的身价，而是他分享了自己奋斗过程中的转折。

年近六十岁的他，在攀上人生高峰、成为大富翁前，其实是个“大负翁”——在印尼做生意赔了七亿台币。他黯然回到台湾，很多人以为他应该会放弃，但事实证明，他反而越挫越勇，并尝试从监视器产业，率先跨足到荧幕触控技术，成功开发出了触控面板的感应器。

一切准备就绪，机会也跟着来了。一家想进入手机领域的计算机外商，急需这项小荧幕触控技术，主动找上了门。没多久，双方就共同完成了现在几乎人手一部的触控型手机，庞大的订单也让他的公司稳坐触控感应器供应商的龙头交椅。

当记者问他从谷底攀上高峰的成功之道是什么，回首这一路，他回答：

“危机就是转机，只要能秉持着乐观的态度，就能在困难中熬下去。”

老实说，这段话不是什么了不起的大道理，但真正能做到的人少之又少。试想一下，如果你是故事中的台商，负债七亿台币，还有勇气东山再起吗？或者，像Holiday Inn创办人凯蒙斯·威尔逊一样领不到三十五美元，受到不公平对待时，你是告诉自己算了，私底下一直抱怨，还是转而为自己的未来找新的出路？一念之差，往往成就截然不同的人生。

等风的巴厘岛帆船

贸易商人带着妻子前往巴厘岛游玩。入住酒店后，第二天醒来，他发现妻子早就跑去做SPA（水疗）了。他心想，自己一个人闲着也是闲着，就买了一张票，搭着帆船出海去了。

在引擎的卖力推动下，帆船很快就开到了海的中央，而且一停就是十分钟。商人不禁觉得奇怪：帆船不是已经掉头，准备开回岸边了吗，怎么一动也不动了呢？于是，他问船夫："船怎么不动了？发生了什么事？"

开了十多年船，虽然已经不是第一次被问到这个问题，船夫还是耐着性子回答："我在等风。"

循着船夫的答案，商人抬起头，看到半空中的船帆果真毫无动静。还要等多久才会有风？就连经验老到的船夫也不知道，这时唯一能做的就是，等。

又一个十分钟过去了，终于，海面慢慢扬起了一阵风。

"太好了！我们可以出发回到岸边啰！"船夫利用船的引擎动力助跑一小段，之后就把引擎熄掉，让帆船借着一股顺风的推力，缓缓向前行进。

商人好奇，再度抬起头，只见晴空下，被风吹得鼓鼓的船帆像极了一片乘风飞翔的机翼……正是这一幕，让他领略到"趁势而为"的道理，这个体会也深深影响了他日后的事业经营。

这是一个真实的故事，只是男主角已经从商人变成牧师。在很多次讲道中，他都会引用这个故事来鼓励会友，做事要懂得趁势而为。一旦风来了，时机到了，就要抓紧机会，放手一搏，千万不要因为害怕而退缩；反之，若是外在环境尚未成熟，也不要勉强去硬冲硬闯。

逆势而为，会有什么下场？

前阵子，我和父亲一起开车前往台南乡下的海边，抵达时，正好碰上几个钓客坐在岸边钓鱼，画面中的身影，一如早年经常到这儿钓鱼的父亲。而我，依旧是那个喜欢在岸边跳来跳去的小女孩，到处望啊望。也就是在这时，我看到靠近闸口的水面下，有近百条小鱼正奋力地在水中游动，但不管它们怎么努力向前游，只要稍微停止摆动，马上就会被冲回原处，因为它们是“逆水而游”。

课本中，经常会以鲑鱼返乡产卵、逆流而上的精神来鼓励我们，但有时，形势就是比人强，很多事情不是光靠自己单方面的努力就会有结果，还得借助天时、地利、人和。

在我的周遭，不乏一些会演戏的硬底子演员，在演艺圈熬了很久，却始终没有机会出头，就是因为碰不到愿意力捧他们的经纪人。但我也看到，有个一线主持人，原本演艺事业已经快走下坡路，因为等到了一个到别的地区发展的机会，又活跃了起来。

没有机会，就好好沉潜、自我充实；等到机会，就好好把握、趁势而起。这，就是巴厘岛船夫用行动传授的“等风”智慧。

当一个人的心变得清明了，面对生活中的是非动荡，自然就不会轻易受到牵动或影响。所以，这绝对不是三天课程就可以解决的问题，而是一辈子的练习。

不完美即是人生

一碗水的智慧

一个人心变清明。

有三个好友，先后都成了修士。一个致力于使人和睦，一个努力照顾病人，还有一个选择了隐居。因为想做的事情不同，三个修士各自过着自己的生活。

第一个修士的工作是使人和睦，所以周遭只要一有纷争，人们就会来找他帮忙协调和解决。但实际上，很多问题剪不断理还乱，一不小心还会因此得罪别人，久而久之，他感到身心俱疲。

隔天，他跑去找第二个修士，发现他的情况也没好到哪里去。第二个修士成天和病人为伴，不仅要经历生离死别的哀恸，碰上病人的状况危急，三天两头没得睡都是常有的事。渐渐地，他也觉得自己像一支快烧尽的蜡烛。

于是，他们决定一起到深山去找那个隐居的修士。一见面，他们就噼里啪啦地把心中的困惑全讲了出来。

耐心听完后，第三个修士倒了些水在碗里，说："看看这碗水。"

两个修士凑近一看，发现碗里的水非常混浊。但过了一会儿，第三个修士又示意他们再看一次。两人一看，都惊呼出声："哇，水变得好清澈喔！还可以照映出我的脸呢！"

第三个修士笑了笑，说："当一个人处在混乱的时候，会越来越看不清楚真相，唯有让心静下来，才能看到万物的真态，找回助人的能量。所以，你们需要的其实很简单，就是平衡的生活。"

两个修士听了，豁然开朗，辞行后，又开开心心地回到各自的岗位上。

不是说“助人为快乐之本”吗？为什么使人和睦的修士，以及照顾病人的修士，却越做越不快乐，甚至想逃离当初的选择呢？关键就在于生活平衡与否。

有个朋友是演艺圈的经纪人兼秀导，经常要带着艺人到处做巡回演出，同时，还要负责掌控现场的活动流程，工作非常忙碌。而有一点让她很不解的是，这明明是她喜欢的工作，她还开了经纪公司当老板，为什么越做越不开心呢？

后来，在一个艺人朋友介绍下，她一口气花了好几万台币，报名参加了三天的心灵课程。“才三天就那么贵呀！”听到课程费用，我露出了不可思议的表情。

“对呀！确实不便宜，可是我跟你说，上完三天的课程，我整个人像是脱胎换骨一样，看事情的角度都跟以前不一样了，也变得比较快乐……”碍于当时被要求签署保密协议，她不能透露太多，“总之，我觉得花那些钱是值得的。”

虽然没上过她说的课程，但因为长期阅读大量的相关书籍，后来又投入心理咨询课程的研修，我多少可以想象得到那些心灵课程都教些什么。

其实，就如同故事中的修士所说，生活要达到身心平衡，很重要的一点，就是要每天抽出独处的时间，静下心来观察当下。这么做，一来可以帮助自己跳脱负面情绪，二来可以贴近内心，做出更忠于自己的选择。

当一个人的心变得清明了，面对生活中的是非动荡，自然就不会轻易受到牵动或影响。所以，这绝对不是三天课程就可以解决的问题，而是一辈子的练习。

投机的代价

如同人生越简单越好，身体也需要一个干净的运作空间。

很久以前，有个家境贫穷的年轻人，因为天资聪颖，又很努力，靠着一笔奖学金得以到欧洲国家留学。

初来乍到，他一个人搭乘地铁，看到站内无人验票，以为不用钱，就跟着大家上车，抵达了目的地。过程中，他还心想，这个国家的福利真好，以后一定要经常利用。

隔几天，他又来搭地铁，这回碰上验票员，被要求当场补票，他才发现自己搞错了。但看准这样的制度漏洞，之后搭乘地铁，他还是没买票，直到被抓到，才又拿钱出来补票。

两年后，年轻人以优异的成绩从学校毕业，开始在当地找工作。让他不解的是，到好几家公司面试的时候，明明都还蛮顺利的，主考官也表明很欣赏他，但最后他都没被录取。为了找出原因，他鼓起勇气打电话去问主考官，对方才告诉他：“年轻人，虽然你很符合我们的条件，但你有多次不买地铁票被抓到的记录，这让我们对你的操守有疑虑……”

“谢谢你，我知道了。”年轻人失望地挂断电话，后悔已经来不及。

贪小便宜，是很多人都会有的心态，但如果是利用偏差来赚取不当利益，那就是一种“投机”了。前阵子刚落幕的塑化剂风暴，就是一个最好的例子。不肖业者为了提高利润，将食品添加物“起云剂”当中的棕榈油换成价格低廉、保存期较长的塑化剂，让民众面临患癌的危险。

也是因为投机，三十多年前的台湾，曾发生过一起严重的米糠油中毒事件。起因是一家位于彰化的公司在生产米糠油的过程中，把一种较为便宜但毒性极强的多氯联苯当作热媒，没想到管线破裂，多氯联苯渗到油里，导致许多食用者受害。

为了报道这起事件，几年前我特地重返现场，循线找到当年的受害者，他们因为吃到有毒的米糠油，身上都长满脓疮，经过长期治疗，伤口已经化成疤，但身体器官还是受到严重损害。更令人为之不平的是，很多受害者怕被外界贴上标签，选择默默承担，因而没得到合理的赔偿。

三十多年后的台湾虽变得更文明了，但黑心事件却有增无减。有个朋友曾经跟我说："既然生活中充斥着那么多毒素，防也防不了，那干脆都不要管啦，想吃什么就吃什么……"

事情倒也不是没有努力的空间。日常的饮食，只要掌握"自然"的原则，比如买蔬果时，尽量挑选当令时节出产的；烹煮食物时，尽量保持原汁原味，不要进行太多的加工腌制，就可以吃得比较健康。

另外，“节制”也很重要。炸鸡、泡面这类食物，虽然吃起来很过瘾，但还是尽量少吃，身体是个有机体，需要一定时间才能代谢这类食物中的有害物质。

如同人生越简单越好，身体也需要一个干净的运作空间。

不是路已到尽头，而是该转弯了

跨越山丘，那方仍是堪途，何不转变，又是新的征程。

在工作上表现出色的小陈，是公司数一数二的超级业务员，每年颁发的最佳业务员奖，他都榜上有名。但不知道为什么，这阵子他的业绩一路持平。

这天的业务报告会议上，主管终于忍不住问：“小陈，你怎么啦？这阵子的业绩都没什么进步，很危险喔，赶快想想办法吧！”

主管的话让小陈很紧张，为了突破瓶颈，他比以往更加努力，不仅每天早出晚归，还投入更多时间来游说老客户购买产品，但结果还是不如预期。这让他越来越沮丧，甚至开始思考是不是该离开公司，或是离开业务这一行。

“奇怪，问题到底出在哪里？可以试的方法我都试过了呀……”正当小陈感觉无路可走的时候，某个周末，他利用在家休息的时间，翻出了过去几年的工作笔记，结果发现，在所有成交的客户当中，有百分之七十都是第一次见面就成交了，剩下的都是要来回见面好几次，才好不容易签下合约。

根据这个发现，小陈决定孤注一掷，做一个大胆的尝试，就是将现阶段所有的资源集中在新客户的开发上，至于老客户，则是先采取维持现状的方式。

尝试了一个月，这样的阶段性策略果然奏效，小陈又交出了亮眼的成绩单，重新夺回超级业务员的荣耀头衔。

嘉义民雄有一个地下通道，设计非常奇怪，车子开下去之后，出口处马上就是个大转弯，很多不知情的民众开车到这里常常发生车祸。

三天两头就接到民众的抱怨电话，有关单位也很苦恼，但碍于当地的地理环境，地下通道不可能说变就变，他们也不知该如何是好。后来有人提议，不妨在地下通道的出口处设置一个标语牌，上面写着：“不是路已到了尽头，而是该转弯了。”

有关单位照做了，没想到标语一放上去，效果出奇地好，不仅发挥了告知民众的作用，车祸案件也大幅减少。这样的创意巧思在社会上掀起了广泛讨论，有人甚至把标语拿来当成座右铭，提醒自己“山不转，路转”。

之前计划到台东玩，但因为碰上暑假旺季，火车票非常难订，为此，我还特地起了个大早，上网预订从台北到台东的火车票，最后还是没有订到。碍于行程的安排，又不能改搭更晚的火车班次，怎么办呢?

正当我对着计算机发愁时，突然想到："既然不能直达，那就分段搭呀。"

于是，我开始改订分段车票，也就是先从台北到花莲，再从花莲到台东，照这种方式，最后都顺利订到了票。用信用卡结完账，我高枕无忧地去睡回笼觉了。

"不是路已到了尽头，而是该转弯了。"很简单的一句话，但我们常常会因为忘记这一点，直接就朝眼前的墙面撞上去，弄得自己一身伤。

其实就跟开车到民雄地下通道，要懂得及时转弯一样，遇到瓶颈时，不妨先试着放慢速度，转个弯之后，就能找到出口了。

暗夜，让你看见更远的星星

原来，暗夜不仅让我们看见更远的“星”，也会帮助我们更靠近自己的心。

有个年轻人，工作上接连碰到挫折，让他深感绝望。正当他一个人走在路上时，突然遇到了大学时期非常照顾他的老师。

“怎么啦？为什么看起来垂头丧气的？”老师关心地问。

“这阵子在工作上遇到很多困难，好像怎么做都不对。”年轻人叹了一口气，接着说，“工作不顺遂就算了，交往多年的女友也跟我闹分手，一堆倒霉事同时发生，让我觉得人生一片灰暗。”

老师拍拍年轻人的肩，沉默了一会儿，便开口问他：“你猜，天上究竟有多少颗星星？”

“多到数也数不清吧。”

“你有没有注意到，大白天，我们能看到天上最远的东西，就是太阳。”老师指着星空，接着说，“到了晚上，虽然天空一片黑暗，我们却能看见比太阳更远的东西，也就是星星。”

看到年轻人一脸茫然，老师又进一步解释：“一帆风顺的人生，就好比白天只能看到太阳，但困境像黑夜，能帮助你看到更远的星星，扩展你的生命境界。”

我在台中的东势林场看过最美的一片星空。当时，我还在读高中，代表学校去参加五天四夜的写作编辑营。第四天晚上，带队的大哥哥大姐姐提议去夜游，我们一行人就往森林里走。

黑黢黢的山林里，风呼啸着穿过林稍……说不害怕是骗人的，但是当我们抬起头，看到星星布满了整个天空时，一股感动的暖流瞬间涌上心头，那也是我生平第一次发现，原来世界上有这么多星星啊。

那次的经历，开启了我“追星”的日子。不管是毕业时和大学同学到澎湖旅行，还是和家人飞到关岛的海边，抑或是一个人到兰屿流浪，我心里都极度渴望再遇见那一片繁星点点的夜空。

终于，十几年后，我在兰屿一圆星梦。当我和义工友人躺在河堤上，看到满天星斗像一张镶了钻石的网，从地平线铺盖到山顶时，我突然觉得离自己的心好近、好近。

原来，暗夜不仅让我们看见更远的“星”，也会帮助我们更靠近自己的心。

当时的我，表面上是到兰屿当义工，但内心真正渴望的，其实是想远离喧嚣，找一个人生地不熟的地方静一静，想想未来该何去何从。虽然，人生陷入前所未有的困境，仿佛置身于暗夜中，看不清楚前方的路，但我的心却变得越来越清明，一下子想通了很多事情。

当我静下来聆听内心声音的时候，接下来该往哪个方向走，突然变得好清楚，也就是在那时候，我决定投身写作，用文字述说自己对这个世界的感悟。回到台北，我便采取行动，没多久，就因为投稿而获得出书的机会。

谁都不喜欢身陷困境，但如果横亘在你眼前的已经是一片夜空，那么，就给自己一个欣赏星光的机会吧，说不定反而会因此看到璀璨的未来。

不是亿万富翁，也能过富足的生活

在合理范围下，犯错未必是坏事。

美国股神沃伦·巴菲特，即使家财万贯，日子过得还是相当简朴。

有一次，家人出门逛街，为他挑选了一件新衣服，回家时，拿出来给他："我看这件新衣服很适合你，就买下来了。"

"谢谢！的确很好看。"道过谢，巴菲特接着说，"但其实我的衣服已经够穿了，不用再为我买衣服了。"

于是，巴菲特请人把衣服拿回去退掉了。

又有一次，巴菲特去香港出差，正当他准备出门去买东西时，发现旅馆大厅有面包折价券，于是他就拿着折价券去买面包了，虽然省下的钱并不多，他还是开心不已。

曾经有人问他真正的理财秘诀是什么，他的回答出人意料，既不是谈什么股市操盘技巧，也不是什么投资标的，而是建议大家：“不要让信用卡超支，培养正直、诚实的品格，更重要的是，要节俭。”

2006年，巴菲特宣布要将身后的巨额财产悉数捐赠给慈善机构。为什么不留给自己的儿女？他解释：“因为我想留给他们的，是一辈子够用的能力和知识，让他们一展抱负，而不是一堆财产，让他们一事无成。”

有一阵子，台湾非常盛行“现金卡”，号称只要拿着一张卡，就可以直接到银行提取现金。由于办卡的门槛非常低，连没有财力的学生都可以填一填资料，就轻易拿到一张额度三万块台币的卡。短时间内，现金卡用户就达到了数百万。

现金卡如果只是用来应急周转，争议倒不大，但若是被拿来当现金随意花用，最后欠了一屁股债，还不起，那问题可就非同小可了。

为了深入探讨这一现象，我在担任记者时期，规划了一个关于现金卡的报道。为此，我采访了许多专家学者，对于这种“永远追着债务跑”的消费模式，他们也感到相当忧心，还举例说，有学生都还没进入社会工作赚钱，就已经先欠了一堆卡债。

果然，没过多久，台湾就爆发了严重的“双卡风暴”，各家银行的现金卡和信用卡坏账一堆，严重影响了银行的经营，逼得政府拿出一笔钱来帮忙抵消部分坏账，后来银行陆续调高现金卡的申办门槛，风暴才逐渐落幕。

和“钱”一样，现金卡或信用卡这类的塑料货币，其实也是中性的，无所谓好或坏，关键在于人怎么去使用。

一个懂得克制自己欲望的人，即便像巴菲特这么有钱，也能够节俭度日；反之，若不懂得克制欲望，无论有几张现金卡或信用卡，也不够花。

一般人常开玩笑说，女人的衣橱里永远少一件衣服，但我的经验是，打开衣橱才发现，原来我的衣服这么多。通常，我们习惯看到喜欢的衣服就买，但实际上根本穿不了那么多，久而久之，很多衣服都被晾在衣橱里，多可惜！鉴于这一点，我的消费态度也变得谨慎许多。

若是能学习巴菲特，为自己的欲望设停损点，就算不是亿万富翁，也可以过着开心知足的生活。

独臂的女冲浪手

曾经他以为自己是世界上最悲惨的人，如今才发现，过去的痛苦经历反倒成就了他。

父母是冲浪高手，受父母的影响，她从小就喜爱冲浪，经常在比赛中胜出。十三岁那年，她还获得了代表家乡参加夏威夷区域冲浪赛的资格。没想到，比赛前夕，在一次练习冲浪的过程中，她被鲨鱼咬断了左臂。

手术后醒来，她说的第一句话，就是问父亲："我还能继续冲浪吗？"

父亲点点头。

但她少了一只手臂，不仅扶板、打水都变得困难，好不容易站上冲浪板，也常会因为失去平衡，再度落入水中。在夏威夷区域赛惨败之后，她绝望地告诉父亲，自己再也不会冲浪了，因为靠着一只手臂根本赢不了比赛。

直到东亚大海啸过后，她去了一趟泰国普吉岛，协助当地居民重建家园，想法才出现转变。当她看见当地居民碰上这样的世纪灾难，都能够勇敢地活下去，就觉得自己遇到的困难又算得了什么呢？

她决定重返冲浪舞台，并参加了随后的一场季赛。考虑到她只有一只手臂可以打水，下水之前，父亲特别提醒她，要学会“等浪”，因为还没有成形的浪，充其量也只是澎湃的海水而已，一味地去追逐，只会浪费自己的力气。

至于什么是真正值得把握的浪，“就得靠你自己判断了，但你有这样的天分。”父亲鼓励她。

比赛结果出炉，虽然相加后的总成绩她只排到了第五名，但她在比赛最后一刻的精彩表现，已经一举创下季赛单浪的最高分纪录。

赛后，记者问："如果再回到事发当天，会不会希望所有的事情都没发生过？"

"我没有办法改变已经发生的事情，"她微笑着说，"虽然这起意外让我失去了一只手臂，但现在我能够拥抱的人比以前多。"

人生当中，常会有所谓的"化妆的祝福"，意思是，有些时候，祝福会以苦难的形式出现，除非你亲手拆开这个看似装了炸弹的礼物，否则你无从得知里头到底装了什么样的祝福。

但，要如何拆开礼物呢？秘诀就是，我们面对苦难时的态度。

在一场公益演唱会上，我认识了视障歌手钟兴睿。他在台上唱出嘹亮高亢的歌声，吸引了我的注意。演唱会结束后，我到后台进一步和他交谈，才知道他不仅是个公益歌手，还经常到各个企业、校园和监狱去演讲，激励了许多的人。

但他也不是一开始就这么乐观的。因为看不见，他从小就经常被欺负。初二时，他到街头卖唱，碗里的钱还经常被偷走。委屈日积月累，有一天，他终于忍不住爆发，在大马路上崩溃地哭喊：“为什么你们都要欺负我？”

那时候的他，站在人生的十字路口，根本不知道该往哪儿走。后来，他想起了父亲曾经对他说过，希望他成为一个有影响力的人，加上又有信仰帮助，他才慢慢找回了自己。

曾经他以为自己是世界上最悲惨的人，如今才发现，过去的痛苦经历反倒成就了他。

虽然面对苦难，我们会有很多的不明白，但只要愿意鼓起勇气走下去，自然就会看见苦难背后的祝福。

教养的关键，在于爱

爱处理方式不对，也是一种伤害。

几年前和丈夫离婚后，单亲妈妈就和十岁的女儿相依为命。怕被周遭的人看轻，她经常教育女儿要坚强。

有一天，读小学的女儿一进门就放声大哭：“妈，同学都欺负我，他们笑我没有爸爸……”

“这有什么好哭的？真没用，妈妈不是叫你要勇敢一点吗，怎么都教不会……”单亲妈妈严厉地指责女儿。

之后，女儿再被同学欺负，就不再向她哭诉了，母女俩的关系也越来越疏远。

“我教她要坚强，也错了吗？哭，本来就不能解决问题呀！”某次和友人见面时，单亲妈妈聊起了女儿的事。

“人要学着勇敢，当然没有错，但有时候也不要忘了，当一个人委屈难过的时候，需要的其实只是安慰，何况她还只是个小孩子……”友人说。

友人的这番话，勾起了她的一段儿时记忆，她想起自己小时候也曾因为被欺负，回到家却得不到安慰，心里非常受伤和难过。

如今，自己当了妈，竟然也这么对待女儿……一想到这儿，她就觉得好心痛，决定回到家后，要给女儿一个深深的拥抱。

虽然面对苦难，我们会有很多的不明白，

但只要愿意鼓起勇气走下去，自然就会看见苦难背后的祝福。

实际上，就周遭的人看来，她是一个长得漂亮也懂得打扮的女孩。

诸如此类的事情，每天不断上演。怎么会有人对自己的女儿这么严厉？于是我又问女孩："你有没有想过，为什么你妈会对你这么严格呀？"

耸耸肩，女孩说不知道："可能就是为我好，希望我能表现好一点吧。"

是不是真的如此，没有人知道，但若就这一点来看，女孩母亲的做法反而造成了相反的效果，因为在她的长期挑剔下，原本应该尽情挥洒青春的女孩变得越来越没自信，也越来越不敢展现自己。

很多父母常说，"爱之深，责之切"，却往往只把重点放在严厉的管教上，而忽略了爱的表达。如果孩子在被管教的过程中完全感受不到你对他的爱，恐怕只会造成更多关系上的伤害，失去教养的初衷了。

望子成龙，望女成凤，是所有父母对于子女的期待，但如果只是一味地严格要求，疏于表达对子女的爱和关怀，最后不仅可能会适得其反，还会导致亲子关系的恶化。

曾经有个女孩跑来跟我抱怨，说她搞不懂自己的母亲在想什么，在所有的兄弟姐妹中，母亲对她的管教特别严厉，从小到大很少给她好脸色看。

有一回，女孩得到一个在台上致词的机会，最后她还鼓起勇气当着大家的面，对在现场的母亲说：“妈，我爱你。”

隔天相遇时，我夸她讲得真好：“你妈在台下一定很感动吧？”

“哪有，我回家还被她臭骂一顿呢！她骂我在台上讲那些是什么东西，简直像是一个没教养的女孩……”女孩难过地说。

对于她母亲的反应，我只能用“不可思议”四个字来形容。之后，又陆续听到女孩分享她和母亲的互动，比如母亲会嫌她的穿着打扮很糟，但

很多事都是环环相扣，
但一切都从一个想法开始。

失败，是成长的养分，在合理范围内犯点错，有时未必是坏事。

不完美即是人生

有时，就是要犯点错

年过七十的老木匠，工艺技术好得没话说，他的两个儿子从小耳濡目染，也走上了木匠这条路。虽然他嘴上不说，但有件事情他一直想不通，就是为什么自己的技术这么好，两个儿子的作品却这么平庸。

“我真是搞不懂！从他们两个懂事开始，我就慢慢教他们，不管是最基本的木材选择，还是实际的施工，甚至是创意的发挥，能教的我都教了，结果他们做出来的东西竟然还比不上那些才入门的徒弟。”老木匠向好友抱怨。

“从小到大，都是你亲自教他们吗？”好友问。

“当然啰，而且为了让他们少走些冤枉路，我还把自己犯过的错都清楚地告诉他们，基本上，他们只要照着我说的方式做，就不会出什么差错。”

“但问题就出在这里呀！”好友进一步解释，“正因为从头到尾都是你自己教，还坚持让他们照你说的‘正确’方式去做，他们没有尝试过从失败中学习，怎么会进步呢？”

老木匠想想，觉得友人说的有道理，就放手让两个儿子自己去摸索学习了。

我们都知道“失败乃成功之母”，每一个在自己专业领域表现杰出的人，没有不曾犯过错的，甚至犯的错不见得比别人少，而他们迈向卓越的关键，就是懂得从错误中学习。

大学毕业前我就已经找到工作，还是在一家知名杂志社担任记者。记得当时，我将这个好消息告诉系里一位老师时，说话向来直接的他还开玩笑地说："那家杂志社是找不到人了吗？"

虽然是一句玩笑话，但我知道他真正的意思是：这家杂志社的报道内容那么专业，哪是一个刚毕业的菜鸟可以胜任的！

事实也的确如此。我到杂志社报到后才发现，周遭的同事个个都是拥有多年新闻资历的好手，经验也相当丰富，唯独我，一切得从零开始。

开心的日子没过几天，我就面临接连不断的震撼教育，不只采访工作上频频受挫，三天两头就挨骂，稿子也写得不好，写的稿子甚至直接被主管丢在地上……印象中有几次，我还因为难过，躲到厕所里哭。

春节前夕，主管把我叫进办公室，她说了些什么我已经忘了，只记得最后，她淡淡地对我说了一句："趁过年好好想一想你想成为一个什么样的记者。"

关于这个问题，我的心里老早就有答案：我要成为一个优秀的记者。但，我也需要时间来学习。

在那之后，我更努力了。被退稿，我就硬着头皮去问主管该怎么写比较好。一次又一次地重写，直到审稿通过为止。看到杂志上哪一篇报道写得特别好，我就会主动向对方请教。

经过一年的努力，虽然我的表现还称不上突出，但已经可以胜任当时的工作。也因为在那时候打下了扎实的采访和写稿基础，后来转战电视台做专题报道，我还荣获了几个新闻奖项，并在三十二岁提笔写作，三十五岁自已创立出版公司。

失败，是成长的养分，在合理范围内犯点错，有时未必是坏事。

一枚钻戒，不如一口井

一枚钻戒和一口井，你会选择哪一个？

布吉纳法索有个村落，深井的抽水系统坏了，导致居民无水可用。当地的孩子凌晨四点就得起床，赶着小驴车到别村取水，中午回来，休息两个小时，又得再次出发去取水。每天光是为了取水这件事，就得花上十几个钟头。

台湾的一个“替代役”男生发现这个问题，便四处筹集经费，希望能为当地再凿一口深水井。

消息传到一个妇人耳朵里，她很想捐款，便对丈夫说："你不是说生日当天要送我一枚钻戒吗？"

"是呀。"丈夫回答。

"那我可不可以把钻戒换成其他的东西？"

"你想换成什么？"

"我要把钻戒换成一口井。"

起初，妇人的丈夫很惊讶，但了解了具体情况后，他也乐得将买钻戒的钱捐出来，让凿井计划得以顺利启动，解决当地的用水问题。

一枚钻戒和一口井，你会选择哪一个？

世界上，几乎每一样东西都有所谓的“价格”，但价格未必等同于价值，因为后者的衡量标准因地而异。

要不是因为去了一趟兰屿，我大概怎么也想象不到，随时都有生鲜食品可以吃的生活是多么幸福。不同于台湾本岛，兰屿没有便利商店，只有一间农会、两间超市，以及几间小杂货店，想买一些新鲜的蔬菜水果或是鲜奶，很抱歉，还得看老天爷的脸色。

没记错的话，兰屿的开元港每周两次会有粮食和民生物资往来，当地居民（或内行的外地民众）算准时间，早早就在农会前面守候，准备展开所谓的“抢粮行动”，还专挑一些新鲜水果和鲜奶。晚去的人只能扑空。

照理说，一周两次的补货频率，生鲜食品应该不会少到哪里去，问题就在于，冬天的兰屿，东北季风特强，别说小飞机三天两头就停飞，连往来台东和兰屿的船只碰上风浪一强，也经常被迫停开，有时一两周都来不了。这时的农会或超市，虽然照常营业，但往冷藏柜一看，往往都是空空如也，这也就是为什么保久乳这一类的饮品在当地会卖得特别好。

另外，在兰屿买东西也得趁早。以农会来说，下午五点半或六点就关门了，私人超市也只营业到晚上十点，加上大部分的小吃店很早就打烊，晚上肚子饿或嘴馋，还真的只能靠平日的“存粮”。也难怪，2011年1月，我首度造访兰屿的当天，兰恩文教基金会的室友给我的第一个忠告就是：要存粮！

一瓶鲜奶的价格虽然远不及一条项链，但何者比较有“价值”？兰屿居民和台北居民的观点，很可能就截然不同。同样地，对于布吉纳法索那些连水都没得喝的村民来说，一枚几克拉的钻戒又怎么样，远不如一口井来得实际呀！

不要跟着煤气工逃跑

不要忘了自己是谁。

两个瓦斯工人奉命前往一户别墅做例行的安全检查，以确保没有瓦斯泄漏。检查完，其中一个人提议比赛，看谁先跑回车上。

“我数到三就开始跑，输的人要请喝饮料喔！”提议的瓦斯工说。

“好哇，谁怕谁，我以前可是短跑健将呢！”另一个瓦斯工也不甘示弱。

数到三，两人同时奔出门外，一路往车子的方向冲，陆续抵达后，发现后头还跟着一个人，定睛一看，原来是别墅的女主人。

“家里瓦斯有什么问题吗？不然你怎么急着追过来？”瓦斯工问女主人。

“我才要问你们。”女主人气喘吁吁地说，“我看你们往外冲，以为是要逃命，才跟着你们跑出来呀……”

这个笑话让我想到了一个广告，卖的是什么商品我已经忘了。印象中，广告一开头，就有个人站在大马路上，动也不动地望着天空，这样的举动引起了许多路人的好奇，为了一探究竟，他们也跟着停下来，对着天空痴痴望着。没多久，现场就聚集了上百人围观。但实际上，那片天空除了白云，什么都没有。

广告中的路人和故事中的别墅女主人一样，都做出了从众行为。美国曾经针对“从众效应”做过一项有趣的实验，心理学家找来两位大学生，并解释实验目的只是为了测试人的视觉能力，以降低他们的戒心。

心理学家在纸上画了三条不等长的线，请参与的大学生比较线长短，并指出相同长度的线。起初，大学生的答案都正确无误。

接下来，心理学家又安排了五个人加入，还要他们故意说出“线段都等长”这个违背事实的答案，观察两个大学生会不会受到影响。这时，有趣的事情发生了，当大学生听到其他参与者都说“线段等长”时，他们两人的答案也开始出现动摇，甚至一度从众，选择明知错误的答案。

回归现实生活。在媒体的推波助澜下，当今社会的“从众行为”越来越严重，只要媒体报道现在流行什么；或是哪些产品正热销；或是哪些商品正打折销售……很快，就会吸引一批朝圣者起而效尤，不管自己需不需要，先刷卡买了再说。

前阵子，好友打电话向我哭诉，说自己原本只是想到医美诊所做做脸，却因为禁不起诊所人员的推销，花了一万多台币打肉毒杆菌，事后她相当后悔。

“那时候你为什么不拒绝呢？”我不解地问。

“这才是我最气自己的地方啊！”她接着说，“去之前我还提醒自己，绝对不能被说服买任何产品或做其他消费，哪知道最后还是破功了……”

钱都已经花了，我也只能安慰好友，把这次的经验牢记在心，下次遇到类似的情况时，要冷静一点，不要陷入“从众氛围”，清楚自己的意愿之后，再做决定。

消费上的盲从，其实也反映出了很多人并不知道自己想要什么、不想要什么，索性就跟着社会的主流意见走，以为这样很安全。但其实“Me too人生”才是最危险的，因为会让一个人忘了自己是谁。

失而复得的一双脚

偏远的农庄里，有一个年轻人因为家里贫穷，从小就特别羡慕农庄里那些有马可以骑的人，并且常常心想："哪天我才能和他们一样，也有一匹马可以骑呢？"

终于，某天夜里，梦中出现了一个老神仙，问他："年轻人，既然你那么想要一匹马，那么愿不愿意用你的双脚来交换呢？"

"好好好，我愿意！"想到有马儿可以代步，年轻人立即答应了。隔天醒来，家门口果然出现了一匹马，失去双脚的他赶紧爬上马背，骑着马儿到村子里四处绕啊绕，沿途看到许多人羡慕的眼光，更是让他觉得自己威风极了。

但这样的新鲜感只维持了一天，加上没了双脚，年轻人一下了马就得在地上爬，实在很不方便。他后悔了，夜里再度梦见老神仙时，赶紧向他求情：“老神仙啊，对不起，我后悔了，可不可以把马儿还给你，换回我的双脚呢？”

“年轻人啊，任何选择都是要付出代价的，我可以把双脚还给你，但是你以后走起路来会一跛一跛的。”老神仙说。

“只要能把双脚还给我，什么条件我都愿意接受。”隔天醒来，年轻人发现自己的双脚回来了，他开心极了，虽然走起路来一跛一跛的，他也不以为意，而且，也不再羡慕别人有马可以骑。

失而复得的经历，你有没有过？

在我二十七岁那年，父亲因为脑动脉瘤破裂，陷入了重度昏迷。进行栓塞手术之前，医生告诉我，这种手术的风险非常高，手术过程中，父亲随时可能会因为再度脑出血而丧命，希望我们做好心理准备……

“怎么会这样？”签下手术同意书之后，我瘫坐在手术室外的椅子上，心里不断地想着，“父亲还这么年轻，还不到六十岁，我都还没好好孝顺他，怎么就发生了这样的事？”

长达四五个小时的手术时间里，除了祷告，我的脑海中也不断浮现儿时和父亲相处的点点滴滴……我想起了上幼儿园时，我吵着要一辆自行车，父亲不顾母亲的反对，买给了我；小学过生日，父亲身为一个大男人，还特地为我挑了一个芭比娃娃；初中时，他到学校为我送便当；高中时，他帮我收拾感情的烂摊子；大学时，他和爷爷奶奶开车送我到台北的租屋处，离开时，依依不舍……

幸好，手术之后，父亲慢慢苏醒了。虽然因为脑出血的关系，他的左脚有点跛跛的，视力也差了许多，照顾他比以往来得辛苦，但我们还是甘之如饴，因为这个父亲是失而复得的。

和故事中的年轻人用自己的双脚去换一匹马的道理一样，我们常常宁可牺牲和家人相处的时间，来换取更多工作上的成就，尤其是脚长在身上，天生就拥有，反而容易忽略了它的重要性。直到失去了，才深深体会到，**原来拥有双脚，远比骑在马上来得快活**。

不会演自己的女演员

为了成为我自己，我必须停止当那个我一直以为自己想做的人。

一名受过专业训练的女演员，演技了得，拍戏的现场，其他演员都紧张地揣摩剧本时，她在一旁打瞌睡，一副意兴阑珊的模样。

“大姐，不好意思，轮到你上场了。”剧组人员畏畏缩缩地叫醒了女演员。

“轮到我了？好吧，好吧。”伸伸懒腰，女演员随口交代，“待会儿这场戏拍快一点，拍完我想回家了。”

后来，听说有另一部新戏要开拍，女演员很心动，试镜当天，还特地盛装打扮了一下。

“导演好，我叫××，戏剧科毕业，不管是女扮男装，还是演七八十岁的老婆婆，什么高难度的角色我都可以胜任……”女演员自信地说。

这个导演向来崇尚自然派演技，就对女演员提出了一个看似极为简单的要求：“能不能请你演一下你自己？”

“我自己？”女演员愣住，心想糟了，这下子没有剧本可以揣摩，要怎么演呢?

最后还是没办法，她只好吞吞吐吐地说：“导演，对不起，我不会。”

可想而知，女演员失去了出演的机会。

有个舞台剧导演说过，当演员最有趣的地方就在于，可以活过很多不同的人生，而且在戏里可以尽情地哭、尽情地笑、尽情地疯、尽情地爱……内心情绪得到极大的释放，但回到现实生活，却又不用为这一切负责，多过瘾。

反观，真实的人生中，因为要迎合各种社会期待，很少有人可以真的演自己。比如在工作中，为了扮演一个精明干练的领导者，必须隐藏自己的害怕；在家庭中，为了扮演一个天塌下来都不怕的老爸或老妈，必须压抑自己的软弱；在人际关系中，为了扮演一个八面玲珑的交际高手，必须忽略自己的厌恶。

曾经有人请我帮忙写书，对象是一个记者出身的财经节目主持人，找我的人说，他希望把对方包装成“抢钱达人”，吸引一些婆婆妈妈或上班族来买她的书，学习她的投资理财之道。

因为在杂志社跑过一阵产业新闻，到电视台之后又跑过一年多的财经，我很清楚，碍于媒体生态的限制，电视台记者所累积的财经专业知识其实是比较浅薄的。于是，我问对方："那她总有什么实际的成功投资经验吧？这样对读者来说，也比较有说服力。"

"这倒是没听她说过，反正就是趁着她现在主持财经节目，这时候出书会吸引很多人来买，之后节目停了，就没有卖点了……"对方回答。

最后，我还是拒绝了这个案子，因为我不想将一个专业素养有限又讲不出什么成功理财经验的人，包装成这方面的达人，这样不仅违背事实，也有愧于读者。

曾有智者说："为了成为我自己，我必须停止当那个我一直以为自己想做的人。"任何不真实的形象包装，就像演戏一样，迟早得回到现实，剧情想掰也掰不了多久。唯有演自己，那出戏才值得大家继续看下去。

Fight or Flight（战或逃）

不完美即是人生

别急着搭救护巴士

刚上大学那年，男子报名参加了学校举办的越野赛跑，赛程长达十公里。一开始跑起来蛮轻松的，他心想：“这次拿个前几名应该没问题吧。”

但随着时间一分一秒过去，男子越跑越吃力，不只整个人头昏脑涨，两只脚也像是被绑上了铅块，连抬起来都很困难。身旁的其他选手吐的吐、昏倒的昏倒、受伤的受伤，一个个都被扶上了救护巴士，唯独他还坚持继续向前跑。

最后，来到一个小山坡前，男子已经累到快虚脱，看到救护巴士经过，索性手一挥，就直接上了车。但没想到，当救护巴士越过小山坡之后，再转个弯，就抵达了终点站，他懊恼极了。

有了这次惨痛的经验，日后无论参加什么比赛，每当快撑不住的时候，男子就会鼓励自己："只要再坚持一下，就可以抵达终点了！"

也因着这样的精神，几年后，在一场国际马拉松比赛中，他一举夺得了冠军。

从小我就是个短跑健将，经常在一百米的比赛中取得好名次。当时，我有个原则，就是绝不参加两百米以上的比赛，因为我很清楚自己虽然爆发力强，但体力和耐力不是很好，参加长跑比赛，只会自讨苦吃，更别说得到什么名次了。

但人生有很多的长跑竞赛，岂能任由自己选择？

从事新闻工作第七年，我甄试上了一所医学大学的公卫系硕士班。有一门课让我很头疼，就是每个学期必修的Seminar（期刊研讨），这门课规定，每个同学要找两篇以上的英文医学期刊，把内容读懂之后，上台做简报，除了要评论这篇期刊的优缺点，还要接受台下老师和同学的犀利提问。

当了记者那么久，什么大风大浪没见过，但这门课却常常让我焦头烂额。一来，英文期刊专业术语一堆，我这个门外汉常常看不懂；二来，生物统计数字的解读，对我这个连统计概念都没有的人来说，宛如瞎子摸象。

正如有句话所说，“Fight or Flight（战或逃）”。

历经一连串的挫折，加上当时正好有外派上海的机会，念完第一年，我就选择先休学一年，到上海工作。那段时间，我曾问过自己是不是真的要把学位念完。心里的答案是肯定的。

“何况，之前几届同样是记者出身的学姐学长也都毕业了，不是吗？”我告诉自己一定要坚持下去。幸运的是，我当时找到了一个愿意耐心带我的指导教授，协助我跨越了很多学习门槛。

休学一年后，我复学了。当时，许多跳槽机会陆续找上门，无论条件多好，我都一律拒绝。甚至在毕业前的三个月，我还抱着不答应就离职的决心，向公司提出了留职停薪，为的就是专心完成论文和学业。

终于，三个月后，我抵达了研究所的终点站。还记得拿到刚印好的还热腾腾的论文初稿，上车后，我的第一个反应就是放声大哭，除了因为巨大的压力终于得以释放，也被自己的坚持精神所感动。

这次的“长跑”经验，让我更懂得为自己的梦想坚持，因为离成功，常常只差最后一步。

被自己冻死的铁道员

在美国铁道维修厂任职的一个铁道员，工作认真勤快，得到主管和同事的肯定，还曾经获选为公司最杰出的员工之一。

有一天，为了替维修厂一个工头庆生，部门主管事先批准，当天所有员工都可以提早一个小时下班。

离开公司前，铁道员在没有告知同事的情况下，一个人前往冷冻货柜区巡视，还不小心把自己反锁在了货柜里。

“糟了，这冷冻货柜的温度只有华氏五度或十度，若是出不去，肯定会冻死在里面。”越想，心越慌，铁道员不断敲打着货柜门，但因为同事都已经下班，根本没有人能听到他的呼喊。

随着时间流逝，铁道员感觉自己的体温越来越低，他发现角落里有一块板子，就拿出口袋里的笔，潦草地写下几行字：“我的身体已经快要冻僵，若不赶快被救出去，这几行字将变成我的遗书。”

第二天早上，同事发现了铁道员的尸体。验尸结果证实他的确是冻死的。但实际上，当天的货柜冷冻系统根本没有启动，里头温度是华氏六十一度，只比室温低了一些。铁道员是如何冻死的，成了外界眼中的谜。

铁道员究竟是怎么死的？最有可能的答案就是，他是被自己的“意念”冻死的。

有句俗谚说：**“生命就是一个自我实现的预言。”**畅销书《秘密》谈的吸引力法则，也是这个概念，即生命中所发生的一切，都是我们的意念吸引来的。

故事中的铁道员，明明身处华氏六十一度，相当于摄氏十六度左右，理应不至于冻死，但因为他一直主观认为货柜温度低于零下，加上紧张导致失去判断能力，因而忽略了实际去感觉当时的温度，否则悲剧就不会发生了。

虽然意念杀死了一个铁道员，但如果用对地方，也可以成就一个人。

一篇报道提到，有个新竹人，虽然专业学的是机械，但因为家里三代务农，加上生性爱好自由，最后，他选择“弃械”投降，干上了农夫这一行。

过程中，虽然有不少反对的声音，但他始终相信，有朝一日，会种出属于自己的一片天。他潜心研究种植方式，并且坚持发展无公害农业。

举例来说，一般农夫在种植时，对付福寿螺最直接的方式就是喷洒农药，但如此一来，不仅污染了土地，还会威胁消费者的健康。因此，他选择用最传统的方式，就是在稻田里养鸭子，专门吃福寿螺和杂草，效果出奇地好。

此外，他还尝试在甘薯园里养鹌鹑，以对付蚁象等害虫，结果甘薯收成不仅变得更好，还多了鹌鹑蛋可以吃。

他用无公害方式种出来的稻米，荣获了“十大经典好米”的殊荣，他还被热情的网友封为“帅帅农夫”。

当初，若不是新竹农夫选择相信自己做得到，如何引发一连串的实践行动？而如果没有行动，又如何达到他当今的成就呢？

很多事都是环环相扣，但一切都从一个想法开始。

喜乐的源头，来自内心

森林里有一条小蛇，成天闷闷不乐。有一天，大树问他："小蛇呀小蛇，你为什么不快乐呢？"

"因为我看到森林里许多有脚的动物，如马、羚羊和狮子，都跑得非常快。"小蛇的语气里既有羡慕又有忌妒，"要是我也有脚的话，肯定跑得比它们快。"

为了实现愿望，小蛇不断地向天使祷告，几天后，天使出现在它的面前。

“小蛇呀，既然你那么想要有脚，那我就成全你吧！”于是，天使就变出了好多只脚，让小蛇自己挑选。

“耶！太棒了！这些脚我都要！”小蛇开心极了，把脚一只一只地往身上贴，身子从头到尾都是脚，“这下子，我就是森林里跑得最快的了。”

然而，当小蛇尝试奋力向前跑的时候，才发现，根本没办法控制所有的脚，反而因为脚跟跄栽了一个大跟斗，摔得鼻青脸肿。

小蛇对于脚的渴慕，就像我们对于物质的追求。很多东西，明明不见得需要，但因为看到别人拥有，就心生羡慕，祈求自己也能够得到，然而当自己真的拥有了，又会觉得没有什么。如此，周而复始。

有个朋友或许是家庭环境比较差，小时候一直羡慕一些家境好的同学，并暗暗立誓，长大后一定要变成有钱人。

进入社会后，虽然薪水跟一般上班族差不多，他还是贷款买了一辆价值百万台币的跑车，家人和朋友都无法理解，他解释说："满足物质需要，是我赚钱的动力，所以我要先给自己买一台好车，才会在工作上更努力……"

他的说法，让人实在无法认同，但因为是他自己的价值选择，我们也不便再多说些什么。

几年后，他的事业发展得更好了，可观的年收入，不仅让他一口气将债务都还清，他还砸下两三百万台币，换了一台更好的跑车。他戴在手上的表，随便一只也要十几万台币。

看到他飞黄腾达，又过着物质丰盛的生活，小时候的美梦成真，我们猜想，他应该过得非常开心。实际不然，他变得越来越不快乐，面对好友的关心，他坦白地说："一开始赚了大钱，想买什么就买什么，的确让我非常高兴，快乐得不得了，但过了一阵子，我就没感觉了，反而变得很空虚……”

人会空虚，是因为内心的渴望没有被满足，而那个深层的渴望，绝对不会是来自物质，但偏偏很多人把Shopping（购物）当作填补空虚的快餐手段。我那个朋友也不例外，每当他觉得空虚时，就会去百货公司随便挑一只名表，为消费而消费，但随之而来的是更强烈的空虚感。而且，为了支撑庞大的支出，他又得更加拼命地工作。

其实，他真正需要做的，是静下心来，好好面对自己的生活，唯有了解到真正的喜乐源头是内心而非外在的时候，才能挣脱物质捆绑，不再成为欲望的奴隶。如同故事中的小蛇，做回原本的自己，才是最自在的生存状态。

什么样的种子就会结出什么样的果，悲观或乐观，只是一念之差，最后的结局却差了十万八千里。

悲观的人看到问题，乐观的人看到机会

只是一念之差，最后的结局却差了十万八千里。

农村里，住着一个乐观的农夫和一个悲观的农夫，巧的是，两人的农地也正好挨着。

下雨时，乐观的农夫会开心地说：“感谢上帝，谢谢你降下雨水浇灌我们的田地。”

但悲观的农夫就会叹气说：“但如果雨一直下的话，农作物就会腐

烂，到时候就没有收成了。”

当雨过天晴，太阳露出来的时候，乐观的农夫会说：“上帝，谢谢你赐下阳光，让这些农作物得到养分的滋养，今年有机会大丰收了。”

悲观的农夫就会说：“但如果一直这样下去，太阳会把植物都晒得枯干了，到时候我们可能连日子都过不下去。”

到了真正收割的时候，因为今年种出来的水果又大又甜，两个农夫的收入都比往年好。拿到钱之后，乐观的农夫满心感激地说：“太感谢上帝了，让我今年真的大丰收，有了这些钱，又可以买更好的种子来耕种了。”

悲观的农夫却说：“唉，赚这些钱有什么用？过不了多久就花光了，明年还是得一切从头开始。”

这时，乐观的农夫再也忍不住，就对悲观的农夫说：“兄弟呀，你再这么悲观，日子怎么过下去啊？”

这是一个很简单的故事，却真实反映出，一个乐观思考的人跟一个悲观思考的人，对于同样的处境，会做出截然不同的反应。

悲观的人，看到问题；乐观的人，看到机会。

有次在电视上看到几个学生接受访问——他们花了一年的时间，走遍台湾，用文字和镜头记录了一百个即将消失的老行业，并将搜集到的珍贵内容剪辑成纪录片，集结成了一本书，推出后引起极大反响。

他们提到，当初制作这个纪录片，是为了参加一个名为“新一代设计展”的比赛。参赛前，他们就在想，在这个日新月异的时代，什么样的“新”会令人惊艳呢？当所有参赛者不断朝向“未来感”畅想，认为老东西已经退出历史的时候，他们却乐观地发现，其实从旧元素当中也能淬炼出新的生命力。

通过长时间的观摩和相处，他们从每一个老师傅的身上都看到了一股专注和坚持的力量，而这正是推动台湾继续向前的动力。也因为捕捉到了这股积极的生命力，他们的作品呈现出动人的新观点。这个纪录片完成后，不仅囊括“新一代设计展”的奖项，还勇夺香港一个学生设计展的首奖。

想一想，如果当初是从悲观的农夫的角度出发，听到有人提议要拍老行业，会做何反应？猜想，应该会说：“拜托，这有什么好拍的？媒体都不知道报道过几百遍了！”于是，这个方案就会胎死腹中。

幸好，他们选择乐观，这个计划后来才得以成功执行，虽然过程中一度遭到质疑，他们仍旧坚持把作品完成，创造出令人赞叹的佳绩。什么样的种子就会结出什么样的果，悲观或乐观，只是一念之差，最后的结局却差了十万八千里。

善用三明治沟通法

一群文学院的年轻人，个个才高八斗，有的立志成为作家，有的则是想当文学评论家。为了多一点交流学习的机会，这些年轻人相约成立社团，通过每个月的定期聚会，切磋彼此的作品。

“这是我上个月才完成的作品，请大家帮我读一读，给点指教吧。”其中一个年轻人说。

读完文章，有人率先发难：“老实说，不管是从文章架构来说，还是文学造诣来看，我都觉得这篇文章很普通，还有很大的进步空间……”

另一头，又有人举手发表意见："主题是蛮感人的，就是松散了些，转折那一段的铺陈也不够……"

大家你一言我一语，虽然都是善意的批评，年轻人也不是无法接受意见，但因为听到的都是缺点，让他开始失去信心，有好长一段时间都不想再动笔写作。

同时间，文学院另一群女孩也成立了社团，作为文章交流的平台。不同的是，她们除了以温和的方式针对每一篇作品提出建议，更不吝给予肯定。

几年后，这些才子才女都毕业了。文学院针对历届学生进行职业调查，结果发现，当初那个以批判为主的社团，没有任何一个人从事文学相关工作，反倒是另一群女孩组成的社团中，很多人都走上了文学创作之路，有人还一跃成为新锐作家。

有一个心理学实验。将受困在迷宫中的老鼠分为两组，一组是起司组，也就是让老鼠知道迷宫外摆着起司；另一组是老鹰组，同理，就是让老鼠意识到迷宫外有老鹰。之后，再由大学生去指引老鼠走出迷宫。结果，不管是起司组还是老鹰组，都花了不到两分钟的时间，就完成了任务。

实验进行到这里，似乎没什么特别，但在接下来的创意力测验中，就出现了明显的差异。研究人员发现，老鹰组的老鼠的分数不仅比起司组低，还一口气低了百分之五十。

为什么会有这样的差异？主要是因为老鹰组的老鼠，从环境中接收到的是负向和恐惧的信息，导致警觉、逃避和戒备的心智状态启动，影响到创意力的施展。反观起司组的老鼠，因为处于正向环境，心智状态有助于创意的发挥。

人也是一样，当我们处在紧张、害怕的状态下，表现通常不会好到哪里去。最常见的例子，就是有些运动员平日很认真练习，也具备胜出的实力，但实际上场后表现失常；或者，有些学生平时成绩非常好，大学联考却失利了。

过度的批评，也会让一个人紧张、不安，进而影响到实力的展现。如何才能适度表达自己的意见而又不伤到对方呢？曾有沟通专家建议，可以采取“三明治沟通法”，就是以赞美的话作为开头，降低对方的对自己的防备心，再说出具体的建议，最后以肯定的话语收尾。**人一旦得到激励，自然更可能有改变的动机。**

《圣经》中有句话说，“用爱心说诚实话”，只要是真的出于善意，同时让对方感受到我们的用心，提出来的意见就会成为对对方实际的帮助。

伤痕化妆师

美国曾经做过一项有趣的实验，叫作“伤痕实验”。一开始，研究人员向所有的志愿参与者解释，这个伤痕实验的目的，是为了观察人们看到身体有缺陷的陌生人时，会有什么样的态度和反应。因此，必须在每个参与者脸上画出一道血肉模糊的伤痕。

为了让伤痕看起来更逼真，研究人员特地请来好莱坞的专业化妆师，协助执行这项“变脸”任务。完成之后，化妆师拿出一面小镜子给参与者，让他们看一下自己脸上的伤痕，随后便把镜子收起来，并向大家解释，为了防止伤痕不小心被擦掉，必须再涂上一层粉末来定妆……但实际上，化妆师是用纸巾偷偷擦掉了每个人脸上的伤痕。

依据研究人员的分配，参与者分别前往各医院的候诊室，观察记录人们看到自己的反应。每个人的观察结果几乎大同小异，都认为别人看自己的眼光变得很不友善，原因很可能就是脸上的那道伤痕。

实验告一段落，研究人员又拿出了一面镜子，大家一照才发现，其实自己的脸上一点伤都没有。

那，是什么决定了别人看自己的眼光呢？

十几年前，我曾经采访过一个多重肢体障碍者，他年纪很轻，才三十二岁。他解释自己是在十六岁那年，因为隔壁的煤气站发生气爆，造成全身高达82%的烧伤，变成了现在的模样。

现在是什么模样？根据他妹妹的形容，每次搭电梯的时候，只要门一打开，电梯里面的人看到他，都会被吓一大跳。大学毕业之后，尽管他学的是财务金融专业，但上网找工作找了两年，还是连一次面试的机会都没有。

但人生就是这么奇妙，当你看待自己的眼光变了，周遭的世界也会变得不同。就在他的人生快要跌到谷底的时候，他选择自行创业开咖啡店，勇敢走到人们面前。采访那日，只见他在店里一会儿煮咖啡，一会儿做饮料，一会儿又要招呼客人，脸上洋溢着灿烂的笑容，让他的女友和家人都很欣慰。

他的转变，让人很受激励，同时也呼应了“伤痕实验”带出来的哲理，那就是一个人倘若看待自己的角度是正面的，即使外表有缺陷，也能从他人眼中发现对自己的肯定；倘若看待自己的角度是负面的，那么，即使四肢健全、面貌姣好，也会把他人注视的眼光解读成歧视和质疑。

想一想，你是不是也常在不知不觉中，变成了自己的伤痕化妆师呢？明明脸上没有一点伤，却总觉得别人对自己的态度很不友善，所以你也不给对方好脸色看，由此造成了彼此关系的紧张……放眼你我的生活周遭，很多冲突和误会不都是这样来的吗？

上述的伤痕实验，目的就是要帮助我们看到这样的盲点，只要能突破这一点，相信人跟人之间的相处就能少一些是是非非。

你的地有多大

有一则希腊哲学家苏格拉底和学生对话的故事。

“老师，我们家拥有一块极为辽阔的土地，面积之大，可说在全雅典数一数二，完全看不到边界呢！”有一天，学生很自豪地对苏格拉底说。

苏格拉底不愧是大哲学家，听了之后，既没有像一般人那样表示赞叹羡慕，也并未以精神导师之尊斥责他，而是静静地摊开一张世界地图，而后对一旁的学生说：“来，告诉我，亚细亚洲在哪里？”

“这一大片都是呀。”随意瞄了一眼，学生在地图上的亚细亚洲位置画了个圈。

“没错。那再告诉我，希腊在哪儿呢？”

很快，学生又精确地指出了希腊在地图上的位置。

“很好。雅典呢？”

这下可难了，虽然雅典是希腊的首都和第一大城，但在世界地图上，几乎小到看不见。“这里吧。”学生勉强指出可能的位置。

笑了笑，苏格拉底抛出了最后一个问题：“那么，请再指给我看，你家的那块土地在哪儿？”

顿时，学生一脸羞愧，默默地离开了。

回想我生平第一次搭飞机到海外旅游，是在进入社会后的第一年，当时，我还是个不折不扣的新闻菜鸟，在工作上经常遇到挫折，加上当时的主管非常严厉，三天两头就挨骂让我每天都很不开心。

直到有次参加公司员工旅游，搭机返回台湾的途中，当我从上万尺的高空俯视台湾，才发现，那座让我心灵受困的岛屿，其实不过是蔚蓝大海中的一点绿。当飞机降到足以辨识台湾轮廓的高度时，我问自己："台北在哪里？"搜寻了一下，顶多只能指出可能的相对位置。"公司在哪儿？主管在哪儿？"那更是压根无从找起了。

"人真的好渺小啊！"突然间，我想通了，世界何其宽阔，何必只关注一个人或一家公司呢？而当我不再把主管或公司当成我的全世界时，心情果真轻松快乐许多，也不再容易受到外在环境的影响了。

但很多人仍陷在类似的迷思中。采访之便，我常会接触到名人或艺人。在社会大众眼中，这些人享有广泛的知名度和高收入，应该感到开心满足，实际不然。C咖艺人羡慕B咖艺人通告多，B咖艺人羡慕A咖艺人舞台稳定，A咖艺人间则是互相比较谁比较红、粉丝比较多……比来比去，都是在台湾。

但算一算，台湾才两千三百万人，还占不到全世界的百分之一，赢得全台湾人的掌声，又如何呢？艺人固然需要掌声，但**如果只把焦点放在外界的肯定上，而非内在提升，只会让自己一直陷入“比较”的轮回里。**

无论是掌声还是难题，随着时间的流逝和空间的转移，都会成为过去。如果此刻的你正受困在人生棋局，不妨跳脱出来，从生命制高点来看事情，或许哪天你也会发现，原本耿耿于怀的人、事、物，其实根本没什么好在意的。

不上酒家的生意哲学

道德原则有时虽然无关乎对错，但当你有所持守的时候，自然会凸显出你的与众不同，吸引好机会的降临。

他还是个十岁不到的孩子，就因为家境贫穷，过着帮人捡煤炭和卖面的日子。年纪稍长，他进入工厂打杂、当会计、做业务……后来，弟弟从事贸易，专门进口染料，两人又合资开了一家化学公司。

创业过程中，他遇到不少的困难。比如有一次，公司的生产技术面临瓶颈期，“如果过不了这一关，公司可能会陷入危机。”他决定搭机飞往日本，拜访一家拥有相关技术的日商公司。

“没问题，我有这项技术的Know How（秘诀），我把它当作礼物送给你。”刚见面，日商公司的社长就一口答应，并立即派员工到台湾进行技术指导，让他的公司顺利升级成为台湾业界的NO.1，逐步迈向国际舞台。

为什么这家日商公司的社长愿意帮忙？

原来，向来重视正直原则的他，对于当时流行到酒店谈生意的方式，一律敬谢不敏，就连日本客户都已经直接表明说“不上酒家就不谈生意”，他还是宁可放弃这笔生意。这件事情后来在日本商界被当成笑话传开了，却让社长对他的印象极好。

他，就是永光化学创办人陈定川。

在一次公开场合中，陈定川讲述了自己的创业故事，虽然贵为高科技跨国企业的创办人，他本人却非常有亲和力，完全没有大老板的架子。他的正直，也让我很钦佩，因为在价值观混乱的年代，加上又关乎商业利益，很少有人能够像他这样坚守原则。

早年，我曾被电视台派驻到上海采访，认识了一个同样来自台湾的记者同行。起初我对她的印象并不是很好，一来是因为她看起来很难亲近，二来是因为绝大多数的同行都不喜欢她。

后来在一个采访场合，我对她彻底改观。

当时，一家台湾的民间银行在上海举办记者会。按照当地惯例，主办单位要在新闻资料袋里放几百块人民币，当作车马费，绝大多数记者都会默默收下。

虽然早有耳闻，心里也打定主意绝不拿车马费，但当我发现资料袋里有钱时，一时间还是不知道如何归还才不会造成主办单位和其他记者的尴尬，直到那个记者同行抵达现场。

她已经在上海跑了好几年新闻，果然经验老到，一拿到新闻资料袋，就立即确认有没有车马费，发现有，当下就把它拿出来，还给了主办单位，同时还补了一句：“不是跟你们说过，我不拿车马费的吗？”

这一幕等于也是为我解围，我顺势拿出了车马费，当面退还给主办单位，并且忍不住在心里大大赞赏她一番：“哇，真的超酷的！”

后来我才了解，很多同行不喜欢她的原因之一，就是认为她自命清高，不拿车马费，很不合群。但所谓“德不孤，必有邻”，后来，我跟她反而成了不错的朋友，也从她身上学到很多，她也一度晋升为电视台的主管。

道德原则有时虽然无关乎对错，但当你有所持守的时候，自然会凸显出你的与众不同，吸引好机会的降临。

慢性自杀的狼

曾在一本刊物中读到，爱斯基摩人捕杀野狼的方式，不是和它正面捉对厮杀，而是先找来一把锐利的长刀，在上面涂一层动物的血，等到那层血凝固，再涂上一层，如此反复好几回，直到刀锋覆满了厚厚的一层动物血。

接下来，猎人会前往野狼经常出没的地方，将长刀固定在雪地上，只露出一截沾着血的刀锋。野狼的嗅觉很敏锐，没多久就会被血腥味吸引过来，开始舔食刀锋上的血。

当动物的血被舔完，就会露出尖锐的刀锋，划伤野狼的舌头，但因为天寒地冻，感觉不到疼痛，野狼不仅不会意识到舌头伤口逐渐扩大，还会把渗在刀锋上的血误以为是其他动物的血，不断地舔食，直到失血过多，倒地而死，猎人才会前来收拾。

如果把人比喻成野狼，那么刀锋就好比负面思维，有时，人会不自觉地沉溺在负面思维里，不可自拔，最后把自己逼到绝境。

我曾经报名参加一个具有研究性质的心理治疗团体。这个团体的研究重点在于，了解“内观”对于抑郁个案的帮助程度。我们一周上一次课，在七个参与成员中，从五六十岁的妈妈到三十几岁的职场女性都有，其中有人曾经被诊断出罹患抑郁症。

通过一连八周的觉察练习，我看到了成员之间不同的改变。

有一个五十几岁的妈妈，孩子患有情绪障碍，动不动就暴怒，她的情绪也大受影响，常常感到焦躁不安。后来，因为参加心理治疗团体，通过静心和觉察，学习接受当下的一切，她在情绪上有了很大的超脱，也不再那么容易随着环境或是孩子的状况而波动。

相较之下，另一个三十几岁的OL（Office Lady），虽然每周都会抽时间听课，但上课的时候不是打瞌睡，就是心不在焉，回家之后也很少配合课程的作业进行内观的觉察练习，因此上完了八周的课，她还是觉得自己一点进步都没有。

姑且不论内观的心理疗效如何，就我在一旁的观察，那个OL之所以没进步，最大可能是因为她内心抗拒这个治疗。也就是说，虽然她选择来参加这个团体，希望情绪问题得到解决，但潜意识里，她还是习惯活在过去的负面思维中，而且允许自己继续被困在里面。这样的矛盾，她并没有觉察到。

课程结束后，当她看到每个人都有进步，唯独自己还停留在原地时，又会开始自我控诉："一定是因为我不够认真，才会一点进步都没有，既然这样，当初干吗来参加呢？浪费大家的时间，我实在一点用都没有……”如此恶性循环，她的心灵怎么可能不受伤，甚至“失血过多”呢？

终止负面思维的方式，并不是强迫自己正向思考，假装一切都很好，而是接受当下的自己，也接受当下发生的一切，让周遭的人、事、物“如其所是”地存在，因为好或坏的解读，都是人赋予的。一旦认清这样的真相，就能防止心灵伤口持续扩大，保住珍贵的灵命。

重点不在于结果，而是尝试的过程

千万不要因为害怕而放弃。

大学的时候，女子就一心巴望着毕业后出国念书，后来，也的确成行了，只是一切并没有想象中顺利。她先是遇到严重适应不良的问题，而后又面临指导教授态度冷淡、不想指导她的困境。渐渐地，女子失去了信心。

母亲打越洋电话给她，问："在那边念书还习惯吗？"

"还好啦，反正我回去之后就会马上找工作了……"女子匆忙挂上电话。

回来之后，女子对于在美国念书的事情避而不谈，很快就让自己投入工作的忙碌当中。

一天下班回家后，她发现房间的书桌上摆着一张小学时当选模范生的照片。起初，她并不以为意，没想到隔天，桌子上又出现一张初中作文比赛的奖状。第三天，换成高中演讲比赛时的照片，这让她想起了，虽然那次比赛她并没有取得名次，却大大提升了自己的台风。

原来，母亲是想借此告诉她，其实到美国念书，没有拿到学位虽然很可惜，但也不要因此丧失了尝试的勇气。

每一次的尝试，无论成功或失败，都是迈向成长的阶梯。

有天晚上，家乡的亲戚突然打电话给我，兴奋地说：“告诉你喔，我昨天做了一件我自己都不敢想象的事。”

“什么事啊，这么开心？”我问。

“我主持了一场小型的产品分享会喔，我妈还夸我主持得很不错。”亲戚接着说，“本来想事先打电话问你要怎么主持，但找不到你，只好硬着头皮上场……”

我听了哈哈大笑，并鼓励她说：“看吧，其实你是做得到的，而且有了这次的成功经验，下次遇到类似的场合，你就更不怕了。”

挂了电话，我心里仍在为亲戚开心，因为这次的主持经历，对个性害羞的她来说，不只是跨出了第一步，而且还是很大的一步。

我也不是天生就擅长主持，早年甚至有过当众出糗的经历。犹记得刚进入电视新闻台工作时，正好碰上了知名美国球星乔丹来到台湾，这对全台湾的球迷来说，是非常重要的历史时刻，所以他的一举一动都被各家媒体紧盯。

当时，我负责到乔丹下榻的饭店门口连线，内心的压力可想而知。印象中，乔丹下了车，向大家挥手致意，再慢慢走进饭店。不过短短一分多钟，我的LIVE现场连线却七零八落，只能用一个“惨”字来形容。

那件事让我非常受挫，但事后想一想，我若因此而害怕连线，那就真的会永远无法胜任。为了有更多现场连线的磨练，没多久，我就跳槽到另一家电视台，几次的密集连线下来，我就驾轻就熟了，也不再视连线为畏途。

人说“台上一分钟，台下十年功”，有了电视台的连线训练，加上曾经利用假日时间为非营利电台主持了五年的广播节目，渐渐地，主持对我来说已经变成了很自然的一件事。越来越多的场合，如教会、校园、记者会、婚宴，都曾经邀请我去主持。

所以，遇到不擅长的事情，千万不要因为害怕就放弃学习，只要给自己多一点尝试和磨练的机会，终有一天，你也会变成达人喔！

如同车子也需要定期保养一样，人生旅途若想走得长久，就要懂得适时地放下并休息，不和他人比较，用自己最自信且平稳的速度，向前行。

不完美即是人生

爱竞速的赛车手

人生如同一辆车，而你，就是唯一的正牌驾驶。

美国一个业余的赛车手，驾驶技术了得，还曾创下长距离障碍路面赛车的最快纪录。久而久之，开车对他来说已经成了一种侵略性的竞速游戏，就连平日在一般的大马路上开车，他也因为无法容忍有车子挡在自己前方，而不断拼命地超车，只为了满足内心的优越感。

可想而知，赛车手每天都过得很紧张，特别是他的正职工作是开车监督农村收成进度，每周要开的路程长达一千六百公里，足以环台湾一圈。但无论开到哪儿，他都无心观赏沿途风景，只一心追求两点之间最快的速度。

“你不能再用这样子的方式开车了，我真的很担心你的安全……”有一天，赛车手的妻子终于忍不住对他说。

“老婆，别担心，我对自己的驾驶技术有信心。”赛车手回答。

接下来的日子，赛车手还是保持一贯的飙车风格。直到有一天，当他又在公路车阵中蛇行穿梭时，一辆小轿车不甘被超车，竟加速开到对向车道，试图超越他。没想到这时，不幸的事情发生了，小轿车砰的一声撞上了对向来车。一桩车祸发生在面前，赛车手赶紧停车协助救援，当他将浑身是血的小轿车驾驶员抬出车外时，他突然意识到，若是再用原来的方式开车，哪天躺在这里的人，很可能就是自己。

历经车祸事件后，赛车手不仅不再开快车，还开始懂得欣赏窗外不断变换的景致，这时他才发现，过去的自己错过了多少人生风景。

或许是经常以车代步的关系，我逐渐体会到，一个人的开车方式，确实多多少少可以反映出个性。根据很多被我载过的友人的说法，我的行车速度向来不算慢，但给人自信又安稳的感觉，其实这一点，正对应了我经营人生的态度。

人生如同一辆车，而你，就是唯一的正牌驾驶。依据前方路况或是目的地不同，每个人都可以借由手中的方向盘，或转左或转右来控制方向，直到抵达生命的终点。然而，在这个名利当道的年代，很多人都怕输，所以不知不觉就会像故事中的赛车手一样，因为无法忍受他人超车，一路上都在忙着踩油门，最后不仅把自己弄得精疲力竭，还可能付出惨重的代价。

曾经认识一个担任主管的新闻前辈，虽然相处的时间不长，但她那身为新闻人的使命和热忱，却令我印象非常深刻。没想到，在我离开那家公司几个月后，就传来她骤逝的消息。依据同行的描述，已经感冒很多天的她，可能因为工作忙碌无暇就医，某晚回到家，突然发生肺栓塞，陷入休克，送医后没几天就过世了。

听到这个噩耗，我很难过，也感触良多。如同车子也需要定期保养一样，人生旅途若想走得长久，就要懂得适时地放下并休息，不和他人比较，用自己最自信且平稳的速度，向前行。

拔毛重生的老鹰

网络上曾经流传一个关于老鹰重生的寓言故事。

故事中，向来被誉为鸟类之王的老鹰，尽管目光锐利、动作矫捷，到了四十岁的时候，还是得面临转型危机，因为那时候的老鹰不仅坚韧的爪子开始老化，抓不住猎物，嘴上的喙也会长得又弯又长，难以进食，而长年累积的厚重羽毛，更是让它越来越难以凌空飞翔。

这时，老鹰面临着两个选择：等死或重生。

想重生，过程也没那么简单。老鹰必须先飞到一个悬崖上筑巢，借着用嘴敲打岩石的方式，让弯曲的长喙断裂剥落，等到新喙长出来之后，再用新喙拔掉老化的爪子，之后，还要一一拔除身上的厚重羽毛，让身上长出新的羽毛。

这段近乎自虐的重生过程，历时五个月之久，很多老鹰撑不下去，在过程中就死去了。而撑过去的老鹰，重生之后，又可以在天空翱翔三十年，活到七十岁。

和多数人一样，当我第一次看到这个故事时，被震撼了，心想，连动物都有这样的生存魄力和勇气，身为人类的我们，怎能轻言退缩呢?

人到了一定年龄，一样会面临转型危机。以早年我所从事的电视记者工作来说，每天早出晚归，一碰到重大新闻事件，还得二十四小时待命，不只压力大，也非常耗费体力。尤其是摄影记者，常常要扛着好几公斤的摄影机冲锋陷阵，随着年纪增长，体力很快就会负荷不了。

无论是文字记者还是摄影记者，到了三十几岁，都会面临被取代或淘汰的生存危机，有些人比较积极，在媒体待了一段时间，就试着转换跑道。但这十年观察下来，成功转型的并不多，原因就是挨不过阵痛期。

碰过一个同行，年约四十岁，已经离开电视台摄影记者工作一两年，后来都是靠着接案子维生，但他说，因为自己是摄影记者出身，不擅长文字，每次接案都得请人帮他操刀文字，让他工作起来处处受限。

“那你可以自己练习写呀。”我试着鼓励他。

“哪有那么容易呀！写的东西若是不OK，还会被其他人取笑……”同行回答。

“不然就用类似纪录片的方式，从头到尾都不要有文字旁白，只用现场画面、声音，以及访问来串连。但前提是，一开始就要有完整的拍摄脚本。”

“对呀！所以那样子就更难了，比自己练习写文字还要难……”

因为迟迟不愿跨出转型的第一步，这个同行能接的案子很有限。他所提出来的困难，我都可以理解，但我也见过另一个摄影同行，因为一一克服了这些障碍，成功转型，成为一个优秀的纪录片导演，作品还屡屡得奖。

由此可见，能不能迎接老鹰重生般的喜悦，就看一个人的决心。

上帝给了你什么

每个国家都想发展旅游业，新加坡也不例外。李光耀担任总理的时候，曾经要求新加坡旅游局写一份检讨报告，解释为什么旅游业发展不起来。

根据报告内容，新加坡旅游局给出的理由是，新加坡不像埃及有金字塔，也不像中国有万里长城，更不像夏威夷有十米高的海浪……没有名胜古迹的加持，所以很难发展旅游业。

“我们唯一有的，就是一年四季直射的阳光。”文末，新加坡旅游局下了这样的结论。

行事积极的李光耀，当然无法接受这样的说法，于是就直接在报告上回批：**“你想要上帝给我们多少东西？有阳光就够了！”**

因为一个转念，自此扭转了新加坡的命运。那一年，旅游局开始利用阳光资源，种植了大量的花草树木，没多久，新加坡就从一个百废待举的英国殖民地，脱胎换骨，成为世界知名的“花园城市”，观光收入也跟着大幅攀升。

这个故事，很多人都不陌生。然而我更喜欢的是这个故事带出来的几个例子，比如上帝也只给了杭州一个西湖，给了曲阜一个孔子，给了牛顿一颗苹果，给了华特·迪士尼一只米老鼠……

只要懂得转念，就能像江南人利用西湖，把杭州打造成天堂；像北方人利用孔子，把曲阜包装成圣城；像牛顿借由一颗苹果，发现了地心引力；像华特·迪士尼以米老鼠卡通为灵感，创造出闻名国际的动画王国。

想一想，上帝给了你什么？

早年，为了完成一个台湾重大风灾重建的专题报道，当时身为文字工作者的我，和摄影记者计划前往高雄灾区做采访。因为路途遥远，加上又是长达一个小时的深度报道，我们必须在灾区待上三天。

但要选哪三天呢？和区居委会人员联系之后，对方告诉我，当地即将举办一场运动会，如果选在那时候去采访，不仅场面会比较热闹，开幕式上，还会有原住民传统舞蹈的演出。

听他这么一说，我很心动，但又很挣扎，因为区运动会那几天，我正好要去上一个心理学研习课程，那是一个多月前就花钱报了名的，我已经期待了很久。

几经思量，我还是选择前往高雄灾区做采访，但抵达后才发现，运动会现场根本没有原住民传统舞蹈的表演，一问之下，原来是区居委会的人搞错了。

这件事让我有点生气，但等到气消之后，内心响起了一个声音："既然上帝让你选在这个时候来，总有些特别的礼物吧？想想看，是什么？"

跟着这个念头，我开始观察现场的情况，后来注意到，其实当天田径比赛展现出来的运动精神，很适合拿来比喻族人在重建过程中的坚持。当这个灵感一出现，我马上请摄影记者多拍一些相关的画面，并如期在专题中呈现出这样的概念，不仅让许多人看了很感动，还得到节目制作人的赞许。

幸好我及时发现了上帝给的礼物，虽然少上了心理学课程，但因着那天拍出来的动人画面，一切都值了。

主观真实不等于事实

看事情的角度，多半是内心想法的投射。

有一天，苏格拉底的学生匆匆忙忙跑来找他，兴奋地说："老师，告诉你一件绝对想象不到的事情……"

"等一下。"苏格拉底制止学生继续说下去，并问他，"你要告诉我的事情是真实的吗？"

学生摇摇头："我是从街上听来的，不确定是不是真的。"

“是善意的吗？”

“显然不是。”

“既然不知道是真是假，又不是善意的，那么，是重要的吗？”

学生又摇摇头，羞赧地回答：“好像也不是很重要耶……”

“既然这样，那就不必说了，说出来只会造成我们之间的困扰。”

被苏格拉底这么一说，学生马上闭紧了嘴巴。

猜猜看，全身上下最能够伤人的器官是什么？答案是，舌头。通常我们讲一个人很爱“嚼舌根”，意思就是说，那个人喜欢搬弄是非，到处传谣，而这种嚼舌根的现象，在网络和手机普及之后，变得更严重了。

以前还在电视台工作的时候，每天一早到公司，打开电脑，第一件事就是上通信软件，和各家电视台的同行讨论今天要跑哪些新闻、追哪些话题人物……就这一点来说，通信软件的确非常方便，但不可否认，除掉那些讨论公事的时间，通信软件更多时候是被用来东扯西聊，流言蜚语也就是在这个时候蔓延开来。

我有一个女性友人，不管到哪一家公司工作，总是能交到一群很“麻吉”的朋友，原先我还猜想，应该是因为她做人比较成功，因为和她做朋友确实是蛮开心的一件事。但后来才发现，原来她人缘好，其实是因为她的八卦消息非常灵通，而通信软件就是她获取情报的平台。

一起共事的时候，偶尔，她也会向我打探消息，但我本身是个八卦绝缘体，也就是一般人戏称的“消息管线末端”，往往贡献不了什么最新情报，还得靠她帮我更新一些消息或一些惊人的八卦，但通常我也是听听就算，态度很平淡。因此，她常跟我开玩笑说：“跟你讲八卦很没有成就感耶。”

喜欢窥探别人的隐私或聊八卦，似乎是人的天性，否则八卦杂志的销量也不会那么好。但若是以苏格拉底提出的“真实、善意、重要”这三个标准来看，其实很多的闲言闲语，根本没有被传讲的必要。

碍于朋友之间的情面，我们可能没办法像苏格拉底一样，拒绝别人来跟你讲什么八卦内容，但至少我们可以做到“谣言止于智者”，不要再把听到的消息到处散播，因为传递不真实、非善意，以及不重要的事情，如同制造和乱丢精神垃圾，只会污染自己和他人的心灵。

地球想永续，有赖人人一起做环保；心灵想纯净，那么有时话就得少。

挂钟的芯

请注意自己个性上看不见的盲点。

一个农夫出生在小儿麻痹病毒盛行的年代，他因为从小罹患了小儿麻痹，双脚发育不均，走起路来摇摇晃晃的，常引来邻居小朋友的取笑，这让他从小就相当自卑。久而久之，只要一遇到不平顺的事，农夫就习惯归咎于自己的命不好，没办法出人头地……这都是肢体缺陷害的。

或许是想鼓励农夫，好友挑了一个挂钟送给农夫，还半开玩笑地对他说："瞧，虽然挂钟跟你一样长短脚，工作起来还是很卖力喔，时间分秒

不完美
即是人生
魏棻卿
著

不差。”

收下挂钟，农夫相当开心，每天总要看上它好几回，表面上是为了看时间，实则是因为那个挂钟的运转，对他来说，仿佛一种正面暗示，让他觉得自己虽然长短脚，但还是一个有用的人。

某一天，不知怎么的，墙上的挂钟一动也不动了，农夫发现之后非常紧张，立即取下挂钟的分针和时针，送到镇上的钟表店修理。

“师傅，我家里的挂钟突然不动了，麻烦你检查一下，是不是分针或时针坏掉了？”农夫着急地说。

老师傅和农夫是旧识，知道他对于自己的长短脚耿耿于怀，于是就意有所指地回答：“这个挂钟坏掉的不是两只腿，而是它的‘心’（芯）啊！”

相信每个人在生活中都会碰到像农夫这样的人。有一次，我在公开场合认识了一个年约六十岁的男子，或许是平常找不到听众的关系，一抓到机会，他就开始向我们讲述自己悲惨的经历。

他自称年轻时从事民俗疗法，精通人体穴道，也曾经治愈过很多患有疑难杂症的病人，但让他想不通的是，为什么自己辛苦工作三十年，不仅没赚到钱，还欠了一屁股债。有一天，因为心里实在气不过，他跑去庙里找他那长期供奉的“济公”理论，最后得到的答案是，“一切都是业障”。

听到这儿，我忍不住打断他的话，因为光是用常理来想也知道，一个人如果拥有民俗疗法的专长，治疗口碑又还不错，怎么可能会不赚钱甚至赔钱呢？于是我问他：“你从事这一行，真的不曾赚过钱吗？”

对于我的问题，他先是愣了一下，然后才说：“有啦，但也只是很短的一段时间，而且赚的钱最后也都赔光了。”

原以为话题可以就此打住，没想到，他又继续滔滔不绝地怨叹自己命运有多不顺……丝毫没有意识到，同桌的人已经开始感到不耐烦。包括我在内，起初大家还蛮同情他的遭遇，但越听越觉得不对劲，最后发现，其实问题是出在他自己身上。

就如同有个人第一次犯错，可以说是因为不懂，第二次犯了相同的错误，可以说是疏忽，但第三次犯错、第十次犯错，甚至是第一百次犯错呢？很明显，那就表明不是这个人做事方式有问题，就是个性上有一些自己看不见的盲点，若是不针对这个部分进行修正，求问再多的神明，恐怕还是改变不了命运。

自信的苏联小女孩

英国知名剧作家萧伯纳到莫斯科旅游时，在街头认识了一个可爱的小女孩，两人就随意聊了起来。临别时，萧伯纳心想，小女孩肯定不知道自己是何等人物，于是就对她说："回去可以跟你妈妈说，你今天遇到了世界名人萧伯纳。"

没想到，小女孩随口回了一句："那请你回去也跟你的妈妈说，你今天遇到了漂亮的苏联小女孩，就是我。"

小女孩的回答，让萧伯纳既吃惊又惭愧，他猛然意识到自己有多骄傲，也对小女孩的天真自信印象深刻。

这个故事很简单，却令人印象深刻，反映出一旦有了广泛的知名度，人很少有不犯大头症的。

早年，我曾经被电视台主管指派担任一个特别节目的执行制作人，负责整个节目的访谈内容，并邀请特别来宾来上节目。因为主题和广告创意有关，我就约了一个知名的广告人。

那个广告人在我担任杂志记者的时候，就曾经接受过我的访问。当时，因为一连推出几个极具好评的广告，他的名声很响，加上口才好，说话又风趣，采访过程非常顺利，我和摄影记者也对他印象极好。

几年后，当他再度接到邀访电话时，早已经忘了我是谁，我也没有特别提起采访过他的事。

节目录制当天，我到公司一楼迎接他，为了节约时间，趁着化妆师还在为他扑粉，我把一份访谈大纲交给他，请他过目。他没说“谢谢”就将资料接过去，当时我也没多想什么。

五分钟后，他从化妆间出来，经过我的身旁时，正眼都没瞧一下，就把采访大纲递给我，径自往摄影棚的方向去。相比几年前的热络态度，他的傲慢姿态让我有点诧异，猜想他八成误以为我是节目助理了。

录制结束，送他下楼时，我才提及几年前曾经采访过他。他发现我是记者而非助理之后，先是一脸惊讶，而后便开始跟我寒暄，上车前还频频说：“你怎么不早讲？”

我笑了笑，心想，原来这才是真实的他呀！

虽然他的冷漠态度一度让我有点失望，甚至觉得不被尊重，但后来想想，他用什么态度对待我（或说一个节目助理），代表的只是他这个人的格局，而非我这个人的价值，所以也没什么好在意的。

人际交往中，只要确保自己是“以诚待人”，并抱持着像故事中苏联小女孩一样的自信，就够了，因为别人怎么看你是其次，真正重要的是你怎么看待自己。

不完美

即是人生